gli anni [illegible]
noi siamo sempre
giovani con tanta voglia
di godere delle cose belle
che la vita ci ancora darei

Tanti auguri un
forte abbraccio con affetto
tua cugina Angelina

3.0

Prima edizione: febbraio 2016

Roma, Casella postale 6214

ISBN 978-88-541-8674-3

www.newtoncompton.com

Realizzazione a cura di Pachi Guarini per StudioTi s.r.l., Roma
Stampato nel febbraio 2016 da Puntoweb s.r.l., Ariccia (Roma)
su carta prodotta con cellulose senza cloro gas provenienti
da foreste controllate, nel rispetto delle normative ambientali vigenti

Isabella Spinella

Promettimi che accadrà

Newton Compton editori

A Benedetta ed Elena,
i miei miracoli

Bisognerebbe che accadesse un miracolo
In questo tempo dove non ce n'è
Oppure che mi trasformassi in angelo
Per continuare a star vicino a te

Lucio Dalla, *Yesterday o Lady Jane?*

Prologo

«E*vviva Mariiiiiaaa... evviva Mariaaaa!*».

C'era sempre qualcuno che gridava per primo. Quello era il segnale che tutti aspettavano per correre verso la ringhiera, le teste tese in avanti per cercare di vederla.

La terrazza della famiglia Romeo si affacciava sul mare e quel giorno di festa, come ogni anno, ospitava dopo cena parenti e amici. La padrona di casa offriva gelato alla nocciola e latte di mandorla in grandi quantità, mentre i bambini, emozionati e felici, si rincorrevano vocianti, infilandosi sotto i tavoli e rincorrendo palloni colorati.

Le donne chiacchieravano raccolte a gruppetti, si raccontavano le vacanze che stavano per finire. Gli uomini, invece, si vantavano dell'ultima pescata e si lamentavano del nuovo governo che pensava sempre e solo a spartirsi potere e poltrone. Le più anziane, nei loro lunghi abiti a fiori, pregavano e aspettavano, incuranti di quel frastuono.

A vederle da lontano, sedute in disparte, s'intuiva appena un lieve movimento delle labbra, mentre con le dita snocciolavano i rosari.

Tutti provavano a distrarsi, ma in realtà tutti aspettavano impazienti.

E in quell'attesa che non finiva mai, qualcuno di tanto in tanto si sporgeva dalla terrazza e restava incantato ad ammirare la lunga coda di falò che illuminava la spiaggia e proiettava scie luminose sulla riva. Ma spostando lo sguardo oltre la sabbia, il mare si faceva scuro e in lontananza scintillavano le luci della Sicilia.

Bianca era l'unica a non farsi distrarre. Se ne restava incollata alla ringhiera, all'angolo estremo della terrazza, dove la visuale era più ampia e lo Stretto di Messina sembrava un grande lago in festa. Lei aspettava e basta. E l'attesa le procurava un leggero formicolio alla pancia. Il vento le scompigliava i capelli lunghi e biondi e le faceva venire la pelle d'oca sulle braccia abbronzate.

Guardava gli uomini in spiaggia, i volti accaldati dai fuochi accesi che si levavano al cielo alti e vigorosi: un richiamo visivo da offrire alla Madonna al momento del suo passaggio sul mare. E scrutava impaziente la curva della montagna da dove a breve sarebbe apparsa la barca con la Madonna. Aveva il cuore in gola e l'eccitazione vibrava in ogni muscolo del suo corpo. Aveva solo nove anni e anche di quell'estate lunga e spensierata, come di quella passata e quella prima ancora, le sarebbe rimasto un solo ricordo, concentrato in quel giorno di fine agosto in cui si celebrava la festa che coinvolgeva l'intero paese.

Pregustava in silenzio il momento dell'apparizione della barca, illuminata e colorata, proprio di fronte alla sua casa. Avrebbe ammirato in tutto il suo splendore la statua della Vergine Maria, fiera e maestosa, ergersi sulla traballante imbarcazione. L'avrebbe guardata dondolare, come sospesa tra cielo e mare, al ritmo della musica diffusa dall'altoparlante posizionato ai suoi piedi.

Le piaceva fantasticare, fino quasi a convincersi che quella figura immobile non fosse una statua, ma un essere umano. Ogni volta si chiedeva se avesse freddo, così esposta alla brezza marina, e se fosse stanca di stare per ore e ore nella stessa posizione. Ma poi, strizzando gli occhi per colmare la distanza che la separava da quella visione, le sembrava di scorgere un sorriso dipinto sulle sue labbra. E allora gridava anche lei insieme a tutti gli altri: *Evviva Maria*, e la guardava allontanarsi, arrivare in fondo all'insenatura, girare e tornare indietro per l'ultimo saluto, per poi sparire dietro alla montagna.

Aspettava quel momento magico sin dal primo giorno dell'estate. Quel momento in cui la sua mente creava una connessione fisica e visiva tra il mondo reale e la percezione del soprannaturale. In quel miscuglio di ritualità e di simboli, il suo occhio di bambina avvertiva il senso dell'infinito, del divino.

Erano molti i falò accesi quella sera. Come tutti gli anni ogni famiglia con una casa sul lungomare ne preparava uno. Per giorni si metteva da parte la legna e ci si procurava la tanica di benzina che avrebbe alimentato le fiamme. Tutti desideravano che il proprio fosse il fuoco più alto, e questa tradizione nel tempo si era trasformata in una vera competizione tra le famiglie del piccolo paese.

Quella sera di vento, il fuoco sotto la terrazza ondeggiava agitato e fumoso, scoppiettava e liberava scintille pericolose. Gli uomini si riparavano gli occhi con le mani e tenevano i bambini a debita distanza.

«Bianca, dov'è tua sorella?». Suo padre apparve all'improvviso dietro di lei e interruppe i suoi pensieri. Era un uomo alto e slanciato e l'abbronzatura metteva in risalto gli occhi verdi e le labbra carnose.

«In spiaggia», rispose lei frettolosamente, intuendo quello che suo padre stava per chiederle. «Va' a cercarla e dille di venire a mettersi un maglione, il tempo sta cambiando e non voglio che si ammali», e subito dopo aggiunse, leggendo lo sgomento negli occhi della figlia, «tanto la barca non passerà prima di una mezz'ora, è in ritardo per colpa del vento».

Ancora mezz'ora, pensò delusa Bianca mentre si trascinava svogliatamente giù per le scale per scendere in spiaggia alla ricerca di sua sorella. Si avvicinò alla riva e fissò l'acqua spumosa arrivare fino alla punta dei suoi piedi e poi ritirarsi velocemente per agganciare una nuova onda.

Il mare era agitato, scuro e minaccioso.

Bianca si girò a guardare il falò che ardeva davanti a casa sua, ma non riuscì a individuare la sagoma di sua sorella. Sicuramente l'avrebbe trovata qualche casa più in là, a giocare con le cugine. Sospirò e s'incamminò lungo la riva.

Era l'ultimo giorno di vacanza e l'indomani sarebbero ripartiti. Con la macchina piena di valigie e di cibo, avrebbero attraversato mezza Italia in un viaggio che a Bianca sarebbe sembrato infinito ed estenuante.

Ma si consolava pensando che una volta giunta a casa, in città, la stanchezza sarebbe sparita, spazzata via dall'eccitazione di correre a riaprire la porta della sua camera, di ritrovare tutto esattamente come l'aveva lasciato il giorno della partenza e di poter riassaporare l'odore delle sue cose.

Ma intanto doveva ritrovare sua sorella. Continuando a camminare sulla sabbia, Bianca arrivò davanti alla casa della famiglia Neri. Da qualche anno il loro falò batteva quelli degli altri. Era decisamente il più bello di tutta la baia, anche se nessuno voleva ammetterlo. Più di una volta Bianca aveva sentito suo zio bofonchiare parole di stizza e d'invidia per il signor Neri.

Ed ora eccolo lì, il signor Neri in persona, un uomo grosso e panciuto, in maniche di camicia, mentre trafficava sulla sua scultura di fuoco aspettando il momento giusto per liberare le fiamme verso il cielo.

Accanto al signor Neri, Bianca riconobbe uno dei suoi figli, il più piccolo forse. Non sapeva come si chiamava, o forse non lo ricordava, ma era certa che avesse qualche anno più di lei. Aveva la pelle abbronzata e una massa di ricci scuri che si adagiavano sulla fronte ampia penzolando su due grandi occhi verdi, del colore delle nocciole appena raccolte. Sua cugina le aveva detto che era un tipo strano, sempre solo, parlava poco e se ne stava tutto il giorno in mare su un vecchio gozzo di legno.

Bianca non ci aveva mai scambiato una parola. Eppure abitavano solo a qualche casa di distanza. Ma non andava mai nel tratto di spiaggia dove la portavano i suoi genitori e non c'era mai stata occasione di giocare insieme.

Ora il figlio più piccolo del signor Neri se ne stava immobile, a pochi centimetri dal falò, e fissava il fuoco. A Bianca sembrò più che altro che fosse il fuoco a fissare lui e che avrebbe potuto in qualsiasi momento allungare una delle sue fiamme tentacolari e inghiottire quel ragazzino alto e scapigliato.

Sorrise di quel pensiero e in quel preciso istante il ragazzino alzò gli occhi, oltre il fuoco, e la vide.

La scrutò per qualche secondo, poi fece una smorfia, infastidito dal fumo, si asciugò la fronte con il palmo della mano e riprese di nuovo a guardare le fiamme.

Bianca rimase imbambolata. Sentiva l'imbarazzo arrossarle il viso e non sapeva cosa fare. Se avvicinarsi e presentarsi. Oppure se girarsi e allontanarsi.

Nel dubbio rimase ferma, lo sguardo basso, quasi a cercare un suggerimento su come comportarsi per vincere la timidezza.

A distrarla dai suoi pensieri si levò altissimo l'urlo che tutti aspettavano: «Arrivaaaaa arrivaaaa.... evviva Mariaaaa, evvivaaaa Mariaaaa».

Tutti si precipitarono per vederla. Chi si sporgeva dalla ringhiera del lungomare, chi si allungava dai balconi e dalle terrazze, chi scendeva verso la spiaggia.

Bianca si sciolse dal suo incantesimo e svelta guadagnò la riva, in prima fila.

Piccola piccola, un puntino all'orizzonte, la barca della Madonna avanzava traballante. Per un attimo a Bianca si bloccò il respiro. Il vento si era rafforzato, alimentava le onde e la barca in lontananza si piegava prima da un lato e poi dall'altro. Sembrava danzasse con i suoi archi di luce che incorniciavano la statua.

«È bellissima», esclamò una voce dietro di lei.

Bianca sussultò, si girò e si ritrovò incollati addosso gli occhi gialloverdi del figlio del signor Neri, proprio accanto a lei. Si guardarono senza dirsi niente per un attimo che le sembrò lunghissimo.

Intenta com'era a fissare la barca della Madonna, non si era accorta che quel ragazzino si era piazzato a un palmo da lei, e ora era tesa e impacciata, mentre lui quasi le sfiorava il braccio, tanto si era avvicinato. Bianca si limitò ad annuire, non riuscendo a tirar fuori parole che sembravano strozzate in gola. Riprese a guardare la barca che si avvicinava continuando a traballare, spinta dalle onde alimentate dal vento.

Lui con un gesto rapidissimo le prese la mano e la strinse. Durò poco più di un secondo. Poi la lasciò e scappò via. Bianca lo seguì con lo sguardo, un po' frastornata: non ebbe il tempo di parlare, di presentarsi, di capire cosa significasse quel gesto e cosa mai potesse volere da lei quel ragazzino.

Tutto quello che sapeva sull'amore e sui sentimenti era legato all'immagine scintillante del ballo reale tra Cenerentola e il principe nel film, che insieme a sua sorella, aveva visto centinaia di volte.

Non capiva, ma sentiva montarle dentro una strana forma di felicità tanto che se l'avesse rivisto l'avrebbe ringraziato per quel gesto, per quel brivido improvviso che le si era annidato in pancia, come un'intimità segreta che le aveva sciolto i pensieri. Un'emozione che non sarebbe riuscita a spiegare con le parole che conosceva, ma che la faceva sentire leggera. Cullata da queste sensazioni, vide il ragazzino saltellare dietro a suo padre che stava imbevendo dentro alla tanica di benzina un lungo bastone, alla cui estremità era legato un canovaccio. I movimenti del signor Neri erano rapidi e decisi, e con destrezza ora stava indirizzando il bastone zuppo verso il fuoco ardente del falò.

Lo maneggiava con disinvoltura, come fosse un grosso mestolo per girare la minestra. Forse fu la troppa fretta o l'incoscienza per l'eccitazione della festa, ma il signor Neri non si accorse che, nel momento esatto in cui il bastone toccava il fuoco, suo figlio era davanti a lui, a un passo dalle fiamme.

Se solo il vento non avesse deciso di irrompere con tutta la sua forza proprio in quell'istante, non sarebbe successo nulla. La Madonna sarebbe passata come sempre sul mare, la gente l'avrebbe acclamata e pregata e anche quell'anno, probabilmente, il falò della famiglia Neri sarebbe stato il più bello di tutti.

Invece accadde qualcos'altro, e in un attimo quello che Bianca vide terrorizzò i suoi occhi di bambina. Una vampata si era allungata, spinta dal vento, e aveva inghiottito il ragazzino. Il suo corpo si dimenava avvolto dalle fiamme, si contorceva e si accartocciava sulla sabbia e le sue grida sventravano la sera di festa mentre il padre cercava un telo, una giacca che nessuno indossava, qualcosa per spegnere le fiamme. La gente accorreva, urlando come impazzita. Bianca si portò una mano davanti alla bocca, paralizzata da quella scena e nauseata da quel terribile odore di fumo e di carne bruciata che cominciava a infestare l'aria. Era rimasta con i piedi nell'acqua.

Sentiva la musica della barca alle sue spalle che, allegra e festosa, riempiva l'aria e rendeva le urla e il pianto ancora più strazianti. Pensò alla Madonna, ai suoi occhi immobili che osservavano l'orrore dal mare.

Trovò la forza di voltarsi e la vide proprio lì, ormai vicinissima. Le si piegarono le gambe e si ritrovò in ginocchio sulla sabbia bagnata, cercando di respingere le onde alte e minacciose. Allora alzò le mani al cielo e la voce si levò fortissima: «Madonnina, madonnina mia, ti prego non farlo morire... salvalo.. . ti prego...».

Congiunse le mani al petto, chinò la testa e mentre le onde la bagnavano, lacrime salate le riempivano gli occhi. Fissò il volto immobile della statua. Un volto roseo, dai lineamenti perfetti, incorniciato da un velo azzurro che avvolgeva tutta la sua figura. Bianca restò come incantata. Seguiva lentamente, con lo sguardo, quel lungo velo e improvvisamente, per quanto apparisse assurdo, le sembrò che nella parte finale cominciasse a gonfiarsi con il vento e ad agitarsi come uno stendardo. Si stropicciò gli occhi, asciugando le lacrime per guardare meglio. La testa le ronzava e il cuore impaurito le esplodeva nel petto. Sentiva il bisogno di sedersi, ma ecco che di nuovo i suoi occhi videro il velo di marmo sfilarsi dal capo della statua e cominciare a fluttuare nell'aria verso di lei.

Quel manto azzurro era sempre più vicino, ora ce l'aveva sopra la testa e a poco a poco l'avvolse in un abbraccio sempre più stretto, finché Bianca fu completamente immersa nel blu e non vide né sentì più nulla.

Quando riaprì gli occhi era giorno. Era sdraiata sul letto dei suoi genitori. Il sole filtrava caldo dalle tapparelle. Tutto era calmo, pulito e rassicurante.

Sua madre entrò nella stanza, i lunghi capelli sciolti sulle spalle e l'andatura elegante. Le sorrise e si piegò per baciarle la fronte con dolcezza.

«Per fortuna la febbre è passata». Le prese le guance tra le mani e la guardò in volto.

«Ti senti meglio?».

Bianca accennò un mezzo sorriso, le bruciavano gli occhi e si sentiva la testa pesante.

«Il dottore dice che potrebbe essere stata un'intossicazione alimentare... Di' la verità Bianca, quante noccioline hai mangiato ieri sera?!».

Bianca non capì subito cosa intendesse sua madre. Cercò di dire qualcosa, ma non trovò le parole. Sgranò gli occhi, per essere certa di trovarsi realmente lì e cercò di mettere ordine nella sua testa, mentre la madre apriva la finestra.

La luce invase la stanza e Bianca sentì un'ondata di nausea salirle in gola. Guardò il lenzuolo bianco che le copriva appena le gambe e senza un vero motivo rabbrividì.

«Mamma, che è successo? Perché sono a letto?», chiese infine con voce fioca.

La madre la guardò perplessa, con l'aria stanca per la nottata insonne.

«Come cosa succede? Non ti ricordi?»

«Cosa dovrei ricordarmi?»

«Bianca, hai passato la notte a vomitare. Sei svenuta in riva al mare, davanti alla casa dei Neri. Uno dei figli, il più piccolo, mi pare Carlo, ha avuto un incidente con il fuoco. Ma grazie al cielo niente di grave, se l'è cavata con una fasciatura e una notte al pronto soccorso». Sua madre fece una pausa e sospirò. Poi la guardò con aria tesa. «Ma non ti ricordi davvero niente?».

Bianca abbassò lo sguardo senza rispondere. Sua madre le si avvicinò e si sedette sul bordo del letto. La tirò verso di sé e la strinse. Bianca si accucciò tra le sue braccia, profumava di crema per il viso e sapone. Chiuse gli occhi e si lasciò coccolare.

«Non ci pensare. Ora stai bene e questo è l'importante», le sussurrò in un orecchio. Rimasero abbracciate ancora qualche secondo, poi sua madre si scostò da lei con delicatezza e si alzò.

Tirò fuori dalla tasca del vestito un rosario dai chicchi azzurri e lo appoggiò sopra al comodino accanto al letto.

In quel momento squillò il telefono nel corridoio e lei uscì dalla stanza per andare a rispondere.

Bianca restò immobile a fissare il vuoto. Sentiva la voce di sua madre che al telefono parlava di lei con qualcuno, ma non riuscì ad afferrare bene le parole.

Si lasciò cadere all'indietro sprofondando la testa sul cuscino e ragionò su quello che era accaduto la sera prima e su ciò che sua madre le aveva appena raccontato. Cercò di inquadrare il Carlo di cui parlava, ma aveva la testa annebbiata e pesante. Non riusciva a concentrarsi. Il suo ultimo ricordo della serata era fermo a lei che scendeva in spiaggia per andare a cercare sua sorella Chiara. Poi niente. Il buio, il vuoto. Non si ricordava nemmeno se la Madonna fosse passata o meno con la barca.

Adesso si sentiva debole e spaesata e non avrebbe saputo a chi chiedere di aiutarla a ricordare.

Guardò il rosario sul comodino, come se lì potesse trovare delle risposte. Lo prese, lasciò scivolare le dita lungo i grani duri, fino alla croce. La guardò assorta. Poi sentì i passi di sua madre che tornava nella stanza. Allora, svelta, ripose il rosario sul mobile e guardò verso la porta.

«Era la zia di Carlo, al telefono, che chiedeva tue notizie. Che carina a preoccuparsi», disse sua madre compiaciuta. Si avvicinò di nuovo al letto, le appoggiò una mano sulla fronte e le sorrise.

«Vado di sotto a preparare la colazione a tuo padre».

Le rivolse un ultimo sguardo e uscì.

Bianca, ancora frastornata, provò a sforzarsi di recuperare almeno un dettaglio della sera prima, qualsiasi cosa potesse aiutarla a rimettere ordine nella sua confusione. Ma non affiorava niente. E più provava a concentrarsi, a tornare sulla spiaggia, più la sua mente opponeva una netta resistenza.

Un fastidioso gorgoglio della pancia le diede una sensazione di malessere fisico, che tuttavia Bianca non riuscì ad afferrare del tutto. Si rannicchiò sulla parte esterna del letto cercando sollievo. Nella testa le ronzavano parole sconnesse, si agitavano onde di mare burrascoso, si affastellavano facce, alle quali non sapeva dare un nome.

Chiuse gli occhi, in preda all'agitazione. La guancia poggiata contro il lato fresco del cuscino l'aiutò a rilassarsi. Sentì un venticello scivolare dalla finestra aperta e insinuarsi su per la sua schiena, lungo il collo e tra i capelli.

I suoi pensieri si fecero via via più leggeri e i suoi sensi si abbandonarono lentamente all'ammaliante abbraccio del sonno.

Senza opporre resistenza si lasciò trascinare via da quella corrente calda e seducente, in una dimensione informe dove tutto si ferma e poi, lentamente, si disperde.

1. Nessuna lacrima

Era un venerdì mattina come tanti altri. Ma quel giorno d'inizio giugno era ammantato da un'afa asfissiante, il cielo lattiginoso copriva la città di una calura appiccicosa. Faceva caldo come ad agosto.

Era una di quelle giornate che partivano stanche e si trascinavano lente e capricciose, come un bambino piagnucolante.

Bianca si era svegliata di cattivo umore. Il caldo insopportabile le pesava sulla testa come un macigno. Non aveva chiuso occhio, si era girata e rigirata nel letto tutta la notte, alzandosi più volte per andare in bagno. Ora, mentre si preparava ad affrontare la giornata, fissava nello specchio il suo viso smunto, la fronte alta e spaziosa solcata da una sottile ma inequivocabile ruga, che quel giorno in particolare appariva più dura e severa del solito. Quasi un rimprovero sul suo volto dai lineamenti aggraziati.

Restò qualche minuto a fissare la sua immagine riflessa nello specchio. Non si piaceva per niente. Ma non si trattava del suo aspetto. Era da qualche tempo ormai che si svegliava con la sensazione di non trovarsi nel posto giusto. Si guardava intorno stupita dal silenzio che la circondava, guardava il letto sfatto solo per metà e un chiodo le pungeva lo stomaco mentre passava una mano sul cuscino vuoto e freddo, accanto al suo. Si sentiva sola, e anche stanca di aspettare un cambiamento che non sarebbe mai arrivato.

Ultimamente si soffermava a pensare al corso che aveva preso la sua vita e si sorprendeva a constatare quanto fosse diversa da quello che aveva sempre desiderato e immaginato per sé. Solo ora si rendeva conto di quanti sogni aveva abbandonato, di quanti compromessi aveva accettato e di tutto il tempo perso nell'illusione di aver imboccato la strada giusta, per poter soddisfare le sue più intime aspettative.

Si sentiva così lontana, ormai, dalla ragazza fresca di studi, entusiasta e determinata, che una decina di anni prima aveva accettato di lavorare per l'uomo che poi sarebbe diventato il suo amante.

Un uomo molto più grande di lei, sposato e con un figlio, che conduceva una doppia vita e la ingannava con promesse che non aveva mai mantenuto. E così, tra bugie ed errori, erano già trascorsi dieci anni. Un tempo troppo lungo per essere ignorato e troppo breve per essere definitivo.

Bianca s'infilò in fretta sotto la doccia e quando uscì le sembrò di sentirsi meglio.

Si sfilò l'asciugamano e tornò davanti allo specchio. Aveva un fisico asciutto e longilineo, la pelle chiarissima, le spalle ampie sulle quali cadevano lunghi capelli castani che il più delle volte teneva legati. Aveva superato la trentina e, severa com'era sempre stata con se stessa, si stupiva come agli occhi degli altri apparisse ancora una ragazzina. Forse per via delle piccole efelidi che le velavano il viso e le conferivano un'aria fresca e sbarazzina. Chiuse gli occhi un momento, fece un respiro e poi andò in camera da letto per vestirsi. S'infilò un abito di cotone blu e un paio di scarpe col tacco. La giornata di lavoro sarebbe stata lunga e già presentiva il fastidioso bruciore ai piedi che l'avrebbe tormentata per tutta la sera.

Prima di uscire dalla stanza si voltò verso il comodino. La grande cornice d'argento custodiva un'immagine a cui era molto legata. Una foto che ritraeva sua madre, sorridente e radiosa, sdraiata sul letto della loro casa al mare, la schiena appoggiata alla testata e le braccia strette intorno a lei e a sua sorella Chiara.

Le loro teste adagiate sul seno della madre, si toccavano e formavano un cerchio perfetto all'interno del quale aleggiava quell'amore incondizionato e primordiale che al mondo esiste solo tra una madre e le sue creature.

Si avvicinò e prese la cornice in mano. Si chiedeva spesso se la sua vita sarebbe stata diversa se sua madre fosse stata ancora lì. Forse l'avrebbe saputa consigliare, non l'avrebbe lasciata sola ad affrontare una storia d'amore che le aveva rubato anni di vita.

Più passava il tempo e più sua madre le mancava. Si ricordò le parole del prete, il giorno del suo funerale, che dal pulpito nella chiesa gremita, si era rivolto a lei e a sua sorella, con voce bassa, quasi sussurrata: «Il tempo che passa riempie il vuoto lasciato dalla morte di una persona cara. Chi si ama non muore mai nei nostri cuori. E chi ci ama, sarà sempre con noi, ad accompagnarci nel cammino di crescita». E poi aveva aggiunto che era importante dare un significato a quel tempo, riempirlo con l'aiuto della fede, altrimenti era sprecato.

Ma Bianca non solo non aveva saputo colmarlo nel modo giusto, anzi, in quel tempo il suo dolore si era dilatato fino a insinuarsi in ogni piega della sua esistenza. Il tempo non aveva lenito il dolore, ma lo aveva allevato e trasformato in presenza fissa, un ospite indesiderato acquattato negli angoli bui della sua vita. E lei aveva imparato a conviverci. Non aveva potuto fare altrimenti.

Bianca era all'ultimo anno di università quando sua madre si era ammalata ed era morta nel giro di pochi mesi. Lei e sua sorella Chiara si erano strette intorno al padre, da subito incapace di accettare una perdita così feroce e improvvisa. All'inizio aveva cercato di reagire, soprattutto per amore delle figlie, ma dopo non molto si era arreso. Aveva deciso di lasciare il lavoro e di trasferirsi in campagna, lontano dal frastuono e dai ricordi di una vita felice che non c'era più. Voleva abbandonarsi alla solitudine e rinunciare alle ormai inutili agiatezze.

«E noi che faremo, papà?». Chiara aveva provato a far ragionare il padre, a fargli cambiare idea. «Non possiamo seguirti in campagna, dobbiamo cercare un lavoro, costruirci una vita...».

«Voi infatti resterete a Roma». Suo padre era sempre stato molto fermo nelle sue decisioni e non amava dover dare troppe spiegazioni.

«Ma abbiamo bisogno di te e tu di noi, dobbiamo restare uniti», lo aveva quasi implorato.

«Chiara, lascialo fare». Bianca era intervenuta solo all'ultimo. «Se questo è quello che desidera dobbiamo rispettarlo. Noi ce la caveremo benissimo e lo andremo a trovare. D'altronde non ha deciso di migrare in un nuovo continente...». Quest'ultima frase l'aveva pronunciata con una punta di risentimento. Bianca era spaventata all'idea di restare sola con sua sorella, di dover pensare a una casa, a un lavoro, a una vita da adulta. Ma non voleva darlo a vedere, era la sorella maggiore e doveva dimostrare di essere forte e in grado di gestire la situazione. E così fu. Erano rimaste a vivere a Roma e, dopo aver venduto la casa di famiglia, avevano acquistato insieme un appartamento più piccolo. Si erano aggrappate l'una all'altra ed erano andate avanti, incerte, ma legate da un affetto indistruttibile che aveva permesso loro di superare il grande vuoto lasciato da una famiglia ormai sgretolata. Bianca aveva terminato l'università, mentre Chiara aveva interrotto gli studi e aveva trovato lavoro in una società di assicurazioni che le garantiva un ottimo stipendio. Dopo un anno si era innamorata di un collega e nel giro di poco tempo si era sposata e trasferita a Monza, la città dove lui era nato e viveva. Dopo la partenza di sua sorella, Bianca si era sentita davvero abbandonata e sempre più sola.

Certo, c'era suo padre. All'inizio Bianca andava a trovarlo ogni sabato. Prima con sua sorella, poi da sola, dopo il trasferimento di Chiara.

Arrivava a casa sua verso l'ora di pranzo. Suo padre le faceva trovare la tavola apparecchiata e i pasticcini appena comprati. Mangiavano insieme, chiacchieravano del più e del meno, cercando di ritrovare un po' dell'antica intimità. E per un attimo l'illusione funzionava. Ma poi bastava un gesto, una parola, il nome di un vecchio amico di famiglia a far trasalire suo padre, che abbassava lo sguardo cupo, scuoteva il capo e borbottava "tua madre avrebbe detto" oppure "tua madre avrebbe fatto".

Bastava solo questo: evocare il suo nome per riportare i loro animi e il loro umore di fronte alla tragica verità. Non c'era pranzo che non finisse sotto una nube di malinconia. Non c'era sguardo che non sprofondasse dentro al pianto muto del dolore.

Bianca non lo sopportava. Così i pranzi erano diventati sempre meno frequenti. Ma anche in quelle poche occasioni in cui stavano insieme, i silenzi cominciavano a pesare più delle parole e i lamenti a risuonare sempre più frequenti. Bianca si era accorta che per suo padre quei sabati insieme erano diventati un'imbarazzante formalità, un momento di disagio in cui ci si sforzava di essere felici. Così, un po' alla volta, aveva iniziato a inventarsi delle scuse per non andare e poi non aveva dovuto più inventarsi nemmeno quelle. Quando telefonava, sua sorella la rimproverava. «Bianca, non puoi abbandonarlo così, va' a trovarlo, parlaci, è cosi solo! Se fossi lì ci andrei io...».

Ma Bianca non l'ascoltava. O, se l'ascoltava, si limitava a fare una telefonata al padre e se la sbrigava così, consapevole che era lui a non volere altro. Bianca si consolava pensando che facesse un po' la vittima. E presto anche le telefonate erano diventate più rare.

Si era incantata con la foto di sua madre in mano, assorta nei pensieri. Sobbalzò quando sentì suonare il campanello. Posò la fotografia e andò ad aprire la porta.

«Ti ho portato i cornetti». Corinne entrò spedita sventolando un pacchetto bianco per aria. Si accomodò sul divano e appoggiò il sacchetto sul tavolino di fronte a lei. Era vestita con una tuta grigia attillata, aveva un cappellino calato sulla fronte e un asciugamano intorno al collo.

«Sono distrutta», disse lasciandosi cadere all'indietro. Bianca guardò l'orologio. Quasi le otto e mezzo. Era tardissimo, doveva correre in ufficio.

Chiuse la porta e alzò gli occhi al cielo. «Ciao Corinne, sei andata a correre anche stamattina?». Si sedette su una poltrona di fronte a lei.

«Sì, nove chilometri. Nuovo record!», disse aprendo il sacchetto e tirando fuori un grosso cornetto.

Corinne viveva nel palazzo di fronte al suo. Si erano conosciute in palestra ed erano diventate amiche. Aveva quasi cinquant'anni ma un fisico da trentenne ed era terribilmente logorroica.

A Bianca piaceva, era allegra e superficiale al punto giusto, la distraeva dalla sua solitudine. La considerava un'amica, una delle poche che le erano rimaste. Aveva messo da parte le vecchie amicizie nel corso degli anni, perché era sempre stata troppo impegnata a gestire la sua relazione clandestina, non poteva permettersi cene pubbliche o cinema di gruppo. E quando non stava con Mario stava sola. Aveva sempre preferito non dover dare spiegazioni a nessuno. Solo

Corinne sapeva tutto. Di lei Bianca sentiva di potersi fidare.

Prese anche lei un cornetto dalla busta e lo addentò in modo svogliato.

«Che hai, tesoro? Hai la faccia gialla, sembri un limone ammuffito».

«Grazie, Corinne. Tu sì che sai come farmi sentire meglio», disse Bianca divertita. «Ho dormito poco stanotte, tutto qui».

Guardò il cornetto smangiucchiato e lo allontanò da sé, poggiandolo sul tavolo. Poi si rannicchiò sulla poltrona.

«Non sarai incinta», disse Corinne con tono malizioso, ingoiando l'ultimo pezzo di cornetto. Bianca la fulminò con lo sguardo, poi sospirò. «Be', sarebbe senz'altro un bel colpo di scena». Ovviamente non se lo augurava. Non era quello che voleva. Le sarebbe piaciuto avere un figlio, ma con un padre con il quale crescerlo. Su certe cose era rimasta una romantica. Immaginava una famiglia, dei bambini, forse un cane. Ma soprattutto immaginava un uomo con il quale condividere la vita, con il quale svegliarsi ogni mattina e con il quale addormentarsi la sera.

Non le sembrava un sogno tanto assurdo. In fondo, non c'era niente di più normale da desiderare. Invece, si era accontenta di un amore da eterna seconda.

Lei era sempre l'altra, quella dei ritagli di tempo, delle tenerezze di una notte a metà, delle fughe d'amore infrasettimanali. Si era convinta che le bastasse e all'inizio le piaceva quell'equilibrio imprevedibile. Poi, col tempo, aveva pensato che qualcosa sarebbe cambiato, che prima o poi lui avrebbe lasciato la moglie.

E adesso? Adesso si rendeva conto, con una punta d'orrore, che non le importava più di avere il posto in prima fila. Non era più certa di volere quell'uomo tutto per sé. E così si trascinava, incapace di prendere una decisione.

«Sai cosa ti servirebbe? Una bella vacanza», disse Corinne scrollando via dalla felpa le briciole del cornetto.

«Da quanto tempo non vai al mare? Parti, va' in Calabria, non hai detto che tuo padre ha ancora una casa lì? Fatti dare le chiavi, prendi un treno e va'».

Bianca guardò l'amica con aria desolata, anche se per un attimo quel pensiero le riscaldò l'animo. Ripensò alla fotografia in camera da letto, al volto sorridente di sua madre. E quel ricordo si portò dietro il rumore del vento e del mare. Vide la luce dorata del sole immergersi nelle stanze, le ombre lievi e fruscianti dei rami di eucalipto.

Pensò a quella grande casa affacciata sulle onde, dimora di antichi ricordi e di sentimenti acerbi, di un'infanzia felice, ormai lontana. Non c'erano più tornati dopo la morte della madre. Ma quella casa, suo padre non aveva avuto il coraggio di venderla. Preferiva immaginarla disabitata, in preda alle angherie del tempo che la demoliva pezzo dopo pezzo, piuttosto che in mano a degli sconosciuti.

Bianca pensò alla leggerezza di quelle serate d'estate, quando le giornate sembrano non finire mai e il sale resta appiccicato alle labbra e ai capelli. Fu travolta da un desiderio improvviso di tornare a essere quella bambina spensierata che correva tutto il giorno sulla sabbia, circondata da affetto e serenità.

«Ho tanti ricordi legati alla Calabria...», disse Bianca evitando di guardare l'amica negli occhi.

«Senti, potremmo partire insieme. Una decina di giorni, io e te da sole al mare, all'avventura, in una casa abbandonata, in un luogo fuori dal tempo. Sarebbe fantastico!».

«E Mario?»

«Bianca. E Mario, che cosa?!», disse Corinne alzando il tono di voce, «ma cosa credi, che lui si farebbe problemi? Probabilmente passerà le vacanze con la moglie e il figlio. Non con te».

«Corinne, lo so bene. Non sono una stupida. Ma credimi, la cosa non mi disturba. Non più almeno».

Bianca si alzò in piedi di scatto e si mise a pulire i rimasugli della colazione dal tavolo.

«Ci penserò. Non so neanche se quella casa è agibile. Ne dovrei parlare con mio padre e, come sai, io e lui non comunichiamo molto».

Erano quasi due settimane che Bianca non lo sentiva. Pensò che quella sera, rientrando dal lavoro, lo avrebbe chiamato.

«Oddio, è tardissimo. Mi devo sbrigare, oggi ho una giornata infernale».

«Va bene ho capito. Me ne vado», disse Corinne, alzando le braccia in aria per stiracchiarle. «Ma tu promettimi che penserai alla mia idea». Le si avvicinò per abbracciarla. «Devi iniziare a prenderti più cura di te stessa».

«No Corinne, penso troppo a me stessa. Mi piango addosso, ma non faccio niente per cambiare». Ora Bianca aveva quasi le lacrime agli occhi.

«Vedrai che al momento giusto saprai dare una sterzata alla tua vita», affermò Corinne in tono gentile. «Io, intanto, sterzo la mia verso il massaggiatore. Ieri mi ha fatto letteralmente impazzire». Le strizzò l'occhio e scoppiarono entrambe in una risata.

Si salutarono e Bianca corse a pettinarsi. Prese la borsa dalla camera da letto e prima di uscire diede un ultimo sguardo alla fotografia sul comodino.

"Mamma, dammi un segno", pensò tra sé e sé. Fissò il volto di sua madre, fermo per sempre nella carta lucida della fotografia. Sorridente e felice, gli occhi grandi e scuri che sembravano rassicurarla. Di nuovo, Bianca scacciò una lacrima solitaria che premeva per uscire. Non avrebbe pianto, non quel giorno. Improvvisamente si sentì investita di una responsabilità. Doveva trovare il coraggio di prendere in mano la sua vita.

Decise che avrebbe affrontato a testa alta la giornata di lavoro, la trasmissione televisiva nella quale Mario doveva intervenire quella sera stessa e poi lo avrebbe fatto. Avrebbe rotto con lui e con quella vita che non le dava né gioie, né dolori, ma che ormai era ridotta a un estenuante rincorrersi di giornate simili, prive di sapore e di colore. Si alzò in piedi, si sistemò il vestito un'ultima volta e uscì, forte delle sue nuove intenzioni.

Quando lo vide, davanti alla porta degli studi televisivi, Bianca accelerò il passo. Gli ultimi raggi di sole stavano scomparendo dietro ai palazzi. La sera avanzava e nuvole ombrose provenienti da Sud solcavano il cielo. Mario aveva l'aria seccata, una mano nella tasca dei pantaloni e nell'altra una ventiquattrore.

«Scusa il ritardo», disse lei, cercando di sorridere.

«Porca miseria, Bianca! Sono più di dieci minuti che ti aspetto», imprecò Mario varcando la soglia, senza nascondere il nervosismo.

Ultimamente aveva sempre quel tono di rimprovero quando le parlava.

In ufficio quel giorno non si erano visti quasi per niente. Avevano pranzato insieme in fretta e furia e poi lui era sparito per i suoi appuntamenti. Avevano concordato di incontrarsi alle sette direttamente agli studi televisivi.

Erano quasi dieci anni che lavoravano insieme, e la cosa ormai non la disturbava più. Mario era in politica fin dai tempi del liceo e dopo molti anni di militanza era riuscito a trovare un suo dignitoso spazio nei salotti del potere. Bianca lo aveva conosciuto molti anni prima a una cena elettorale. Lei all'epoca era molto affascinata dalla politica: la seguiva, s'interessava e si appassionava nel sostenere le sue idee. Le sarebbe piaciuto lavorare in quell'ambiente.

Li aveva presentati un'amica comune. Mario aveva appena finito il suo discorso, snocciolando dati sulla disoccupazione e sulla riforma del lavoro proposta dal suo partito. Si erano stretti la mano e guardati a lungo negli occhi e Bianca era rimasta incuriosita da quell'uomo con lo sguardo di ghiaccio, ma dai lineamenti gentili. Aveva notato la fede al dito e, dalle sfumature grigie tra i folti capelli, aveva intuito che fra loro doveva esserci una notevole differenza d'età. Ma non si era lasciata impressionare. Quella sera avevano cenato fianco a fianco, e chiacchierato a lungo. Prima di andare via, Mario le aveva dato il suo biglietto da visita, le aveva stretto il braccio guardandola ancora una volta negli occhi e l'aveva invitata a passare da lui per parlare di lavoro. Bianca era andata a trovarlo nel suo ufficio due giorni dopo. Senza troppi giri di parole le aveva spiegato che aveva bisogno di un'assistente, di una persona sveglia che lo aiutasse a preparare discorsi e dossier politici. In modo più o meno esplicito le aveva offerto un lavoro e Bianca, incredula ed eccitata, aveva accettato con slancio. Quei primi mesi furono uno dei momenti più felici della sua vita. Aveva un lavoro che le piaceva molto, assorbiva tutto e imparava velocemente. Mario la portava con sé ai suoi appuntamenti, dove Bianca incontrava personaggi politici importanti, gente del mondo dello spettacolo, intellettuali affermati.

Lavorava bene insieme a Mario. Facevano tardi la sera e cominciavano presto la mattina. Lui non parlava mai della sua vita privata, ma s'informava spesso su quella di Bianca.

Il giorno del suo venticinquesimo compleanno l'aveva invitata a cena fuori. Loro due da soli. Non era la prima volta che succedeva, ma quella sera aveva il sapore di un gesto diverso, speciale. Bianca si era vestita e truccata come per un primo appuntamento. Lui era passato a prenderla con il suo autista e l'aveva portata in un ristorante elegante. E quando, infine, sul dolce che avevano ordinato era comparsa una candelina accesa, lei si era quasi commossa e il luccichio dei suoi occhi aveva rivelato tutta la sua felicità. Si sentiva coccolata e lusingata da tutte quelle attenzioni. Dopo cena, Mario l'aveva riaccompagnata a casa e Bianca, brilla per il vino, l'aveva invitato a salire.

«Ti accompagno, solo per assicurarmi che tu non vada in giro per la città con qualche ammiratore», le aveva detto lui per stuzzicarla, mentre varcavano il portone d'ingresso.

Mentre girava la chiave nella serratura della porta di casa, Bianca sapeva che stavano oltrepassando un limite pericoloso e che da quel momento nulla sarebbe stato più come prima. Ma non le importava, non quella sera almeno. Si sentiva disinvolta e spregiudicata, come non le era mai successo prima. E Mario lo aveva capito.

Quella notte avevano fatto l'amore con la foga delle cose proibite. Avvinghiati l'uno all'altra tra le pieghe di un tempo clandestino, accesi da un desiderio difficile da esaudire e che lascia nello stomaco un eterno languore. Poi, sfiniti, si erano abbandonati alla notte.

Qualche ora dopo, nel buio, Mario si era rivestito. Lentamente, senza fretta. Si era chinato, l'aveva baciata dolcemente sulla spalla nuda e poi se n'era andato, per tornare a casa, da un'altra donna, in un'altra vita. Bianca avrebbe imparato a conoscere molto bene quel momento. Il momento del distacco, che in quella notte ormai lontana, era stato il primo di una lunga serie.

In attesa dell'inizio della trasmissione, Mario e Bianca furono fatti accomodare in una piccola sala d'attesa. Mario sorrideva e sembrava tranquillo, mentre salutava serafico gli altri partecipanti alla trasmissione. Ma Bianca sapeva bene che era una farsa. Nonostante i molti anni d'esperienza, era sempre molto teso prima di affrontare un dibattito televisivo. E anche quella sera Bianca percepiva il suo nervosismo, lo notava dal modo in cui infilava e sfilava la mano dalla tasca dei pantaloni.

Le si avvicinò con un bicchiere di succo di frutta in mano.

«Non vedo l'ora di farla finita con questa rottura di coglioni», le disse quasi bisbigliando. «Quando parli in mezzo alla gente è tutto più semplice. Diventi un tutt'uno con il tuo pubblico e riesci a renderti conto se hai catturato o meno la loro attenzione, lo senti dall'elettricità nell'aria, dal silenzio che regna intorno», continuò Mario guardandosi in giro come se qualcuno potesse ascoltarli. «In televisione invece non li vedi e non li senti, non sai se ti ascoltano veramente, se devi alzare o abbassare il tono della voce, enfatizzare alcune parole invece di altre. È molto più difficile».

Era un concetto che le ripeteva spesso. Bianca lo guardò annoiata.

«Ma perché accetti tutti questi inviti allora?», gli domandò fingendo stupore.

«Non posso rifiutare, non mi inviterebbero più, e poi la televisione raggiunge più persone di qualsiasi piazza gremita».

In quel momento entrò una ragazza che si diresse verso di loro. Mentre si avvicinava, Bianca ebbe la netta impressione di averla già vista da qualche parte, ma non riuscì a ricordare dove.

«Buonasera», disse sorridendo e stringendo la mano a entrambi.

Bianca la scrutò, continuando a pensare a dove potesse averla incontrata.

Aveva i capelli scuri, corti, la pelle bianchissima, gli occhi a mandorla incorniciati da sopracciglia folte e ben disegnate, un naso piccolo e dritto, labbra carnose e rosse. Era molto giovane e anche molto bella, pensò Bianca.

«Sono una delle assistenti di produzione», disse presentandosi. Poi si rivolse a Mario: «Le dispiace seguirmi in sala trucco?»

«Non mi dispiace affatto», disse Mario sfoderando un ampio sorriso. Passò il bicchiere vuoto a Bianca e sparì seguendo la ragazza.

Bianca li accompagnò con lo sguardo, sbuffò e andò a posare il bicchiere sul tavolo.

Poi andò a sedersi e si guardò intorno infastidita. Le persone, lì dentro, avevano tutte la stessa espressione imbalsamata. Bianca le immaginò ripassare mentalmente la propria parte del copione prima di entrare in scena. Ultimamente i talk show televisivi non le sembravano molto diversi da uno spettacolo teatrale. Ognuno recitava una parte, sempre la stessa, e ciò che andava in onda era solo la replica di un vecchio film. Le stesse parole da dire, gli stessi concetti da sviluppare. Su il sipario e poi giù il sipario. Dopodiché ognuno se ne sarebbe tornato alle proprie attività.

Se inizialmente quel mondo l'aveva affascinata, permettendole di dedicarsi con passione al suo lavoro, ora tutto le appariva stanco e noioso. Probabilmente la sua insoddisfazione personale, si ripercuoteva sulla sua vita professionale. E mai come quella sera, avrebbe desiderato alzarsi e andarsene da quel luogo.

Mentre stava per convincersi realmente di poterlo fare, entrò l'assistente di produzione che aveva visto poco prima, per avvisarli che la trasmissione stava per cominciare. Bianca seguì il flusso di persone e si sistemò tra il pubblico in una posizione dalla quale riusciva a vedere bene Mario che, dritto sulla sua sedia, al centro della scena, aveva assunto la sua tipica espressione da battaglia. In realtà aveva ben poco di cui preoccuparsi. Bianca lo aveva visto all'opera molte volte. Era un grande oratore, scaltro e astuto, poteva mettere in difficoltà il suo avversario dopo poche battute.

Bianca era sempre stata affascinata dalla sua dialettica, dal modo in cui era capace di catturare l'interlocutore in una fitta rete di parole, in un vortice dal quale era difficile uscire. E inevitabilmente si finiva sempre per dargli ragione o per assecondare le sue teorie.

Succedeva così con tutti, anche con lei. E questo la irritava. Se all'inizio si era lasciata ammaliare da quella figura solida e sicura di sé, piombata nella sua vita in un momento in cui ogni certezza l'aveva abbandonata, oggi non riusciva più ad accettare la prepotenza con cui Mario le imponeva la propria volontà. Era arrabbiata con lui, perché l'aveva relegata al ruolo di amante e con egoismo l'aveva convinta, per molto tempo, che il loro era un equilibrio perfetto. E Bianca aveva voluto crederci.

Aveva amato Mario con sincerità e slancio, ma quel sentimento ormai la stava consumando. Cercava in lui un rifugio contro la solitudine, ma quel rifugio non era che un'illusione arroccata tra le macerie di una passione spenta e senza futuro. Il tempo li aveva legati l'uno all'altra con corde strettissime, che ora lasciavano segni evidenti sulla pelle di Bianca. No, non era più amore il suo, era solo un bisogno. Forse dettato dall'abitudine, quell'abitudine che alla lunga annacqua i sentimenti, confonde le passioni, e rende inermi.

Bianca si sistemò sulla sedia. Sentiva crescere dentro di sé uno sconforto pesante. Si sentiva un animale in trappola.

"Lascialo Bianca, è un egoista, concentrato solo su se stesso, non ti renderà mai felice", le rimbombavano in testa le parole di sua sorella Chiara. Non si erano mai piaciuti molto, quei due. Si erano incontrati solo un paio di volte e non era stato un gran successo. Avevano discusso su una nuova legge approvata in parlamento e le loro divergenze politiche erano emerse in modo lampante. Mario non sapeva che Chiara era a conoscenza della loro relazione, anche se forse, dopo tutti quegli anni, probabilmente lo sospettava.

Uno scroscio di applausi interruppe i suoi pensieri. Mario era appena intervenuto strappando un consenso al pubblico in studio. Poi si era girato velocemente verso di lei e le aveva rivolto un sorriso compiaciuto.

Bianca, che non aveva sentito niente, si sforzò di fargli un cenno di assenso, si sistemò sulla sedia e riprese a seguire il dibattito. Guardò la presentatrice, una donna non più molto giovane ma affascinante, infilata in un tubino rosso che ne accentuava le forme. Continuava a spostare il peso del corpo prima sulla gamba destra e poi su quella sinistra, in modo ritmato e costante. Sullo schermo in alto, di fronte a lei, appariva il volto di uno degli ospiti, intento a parlare.

A tratti il cameraman inquadrava i visi assorti del pubblico in sala, anche loro protagonisti, per qualche secondo, dello show televisivo.

Bianca guardò l'orologio sulla parete vicino alla porta dalla quale erano entrati. Erano quasi le nove. Era stanca e desiderosa di andarsene. Magari a cena, davanti a un bicchiere di vino, avrebbe affrontato Mario. Ma non era certa che avrebbe trovato il coraggio, né le parole per cominciare.

Fissò lo sguardo su un punto indefinito al centro della scena, dove sei persone, tra cui Mario, continuavano imperterrite a dar spettacolo. Le vedeva, ma non le sentiva. E infine, si perse di nuovo, in quella palude di pensieri che ormai da qualche tempo agitavano le sue giornate.

2. Una splendida serata

Aspettava i venerdì sera come una liberazione. E quel venerdì in particolare segnava la fine di una settimana di lavoro che gli era sembrata più lunga delle altre. Le finestre aperte sulla magnifica serata accoglievano il vento tiepido che portava con sé il profumo e il caldo della città.

Carlo si era da poco fatto una doccia, aveva i capelli ancora bagnati. Stappò una bottiglia di vino rosso e se ne versò un sorso nel calice. Agitò lievemente il bicchiere e lo sollevò in controluce per ammirarne il colore. Poi lo annusò, chiudendo gli occhi, infine bevve. Il liquido scivolò morbido e denso giù per la sua gola, procurandogli un brivido di piacere. Aprire una bottiglia di vino e bere il primo bicchiere era un rito che lo estraniava dal mondo circostante. E che amava fare da solo, quando arrivava il venerdì. E anche se, come quella sera, aspettava qualcuno a cena, non riusciva a rinunciare a quell'abitudine. Gli piaceva così tanto bere vino che qualche volta gli era capitato di sorseggiarne un po' alla volta in attesa dell'ospite, senza accorgersi che la bottiglia finiva prima che suonassero al citofono.

Poggiò il bicchiere sul bancone della cucina, chiuse

gli occhi e respirò l'aria della casa. L'odore di vernice fresca stava svanendo, lasciando posto a fragranze più familiari. Era da poco più di un mese che si era trasferito in quell'appartamento nel pieno centro di Roma, a pochi passi da San Pietro. Era stato un suo collega in ospedale a proporglielo e a lui era piaciuto subito. Era spazioso e molto luminoso, i rami degli alberi dall'esterno pendevano verso le grandi vetrate, regalando allo spettatore forme e colori sempre diversi a seconda delle stagioni. Il pavimento chiaro rendeva l'ambiente fresco, i soffitti alti amplificavano lo spazio, e i muri spessi sembravano proteggere l'intimità del luogo. Dall'ampio salone si scorgeva, attraverso una porta a vetri, la cucina. Forse era stata proprio quella stanza a convincerlo definitivamente che quella era la casa giusta per lui. Il colore delle mattonelle e il bancone di marmo chiaro, al centro, gli ricordavano l'infanzia e i pranzi a casa della nonna.

Dalla finestra del salone, sporgendosi verso destra, si poteva intravedere la pietra grigia e liscia del colonnato di San Pietro. Si sentiva a casa, ed era una sensazione che gli piaceva.

Guardandosi intorno soddisfatto, pensò che avrebbe dovuto cambiare appartamento molto tempo prima.

Prese il bicchiere di vino e si avvicinò alla finestra. Respirò l'aria fresca della sera e la trattenne dentro di sé per qualche secondo, quasi a voler imprimere quell'attimo in ogni fibra del suo corpo. Voleva inebriarsi completamente di quell'atmosfera calda e avvolgente che la casa, con i suoi silenzi, gli stava offrendo.

Guardò il cielo. Era una di quelle serate miti che ogni tanto Roma regala e per la quale si sentiva fortunato. Bevve un altro sorso di vino. Era sereno, ma anche un po' agitato mentre osservando l'orologio calcolava il tempo mancante all'arrivo della sua ospite.

Guardò la televisione accesa, sorrise e tornò in cucina. Alzò il coperchio della pentola dove borbottava un sugo rosso e piccante. Lo girò delicatamente e richiuse il coperchio. Poi diede un'occhiata all'arrosto che scoppiettava nel forno. Aveva preparato tutto da solo, con la massima cura, e ne era orgoglioso. Le rare volte che cenava a casa, gli piaceva destreggiarsi tra i fornelli, si sentiva portato per la cucina e lo rilassava compiere quei gesti casalinghi ai quali associava guizzi di creatività: aggiungeva sempre un tocco personale, decorando il piatto con erbe particolari o arricchendolo con spezie insolite. Aveva imparato qualche trucco da sua nonna, un'ottima cuoca dalla quale aveva ereditato il gusto per la buona tavola.

Quella sera doveva essere tutto perfetto, voleva che fosse una serata speciale. La loro serata.

Il loro rapporto era migliorato negli ultimi tempi. Carlo lo capiva dalla durata delle loro telefonate, che si allungava sempre di più. Lei era sempre più disponibile a parlare e, al di là delle semplici risposte di circostanza sulla salute o sul clima, gli raccontava anche del suo nuovo lavoro, di un paio di scarpe che le piacevano, di un film che voleva andare a vedere al cinema. Piccoli dettagli della sua vita quotidiana, che su di lui avevano un effetto travolgente.

Era così bella e così difficile. Determinata e fragile allo stesso tempo. Lo rimproverava spesso per i suoi continui tentativi di analizzarla. «Non sono uno dei tuoi pazienti, i tuoi trucchi non funzionano con me», gli ripeteva continuamente.

Carlo era uno psicoterapeuta affermato, ricercatore universitario e responsabile di un importante progetto sanitario in ospedale. Eppure la sua professione non lo aveva aiutato a gestire quel complicato rapporto.

Sbagliava i tempi, le parole, i gesti, non riusciva a stabilire un dialogo, a guidare la conversazione e a controllare le sue emozioni. Il suo rapporto con lei era imprevedibile, altalenante e scostante. Ma Carlo non aveva intenzione di arrendersi. Inoltre, quella sera lei aveva accettato di festeggiare il suo compleanno con lui e questo lo faceva sentire euforico e segnava un punto a suo favore. Non poteva sbagliare, non più.

Le aveva anche comprato un regalo: un ciondolo di oro bianco a forma di pesce. A lei piaceva il mare, le piacevano i pesci, le onde e le piaceva nuotare, così gli aveva raccontato una volta al telefono e lui, cercando di nascondere il groppo che gli era salito in gola, le aveva detto che gli sarebbe piaciuto molto fare un viaggio con lei, loro due da soli. Ancora non c'erano riusciti, un po' per via del suo lavoro un po' per gli impegni di lei, ma Carlo era certo che prima o poi sarebbe successo.

Spesso si era ritrovato a raccontarle aneddoti della sua infanzia, a parlarle della Calabria e di quando da piccolo viveva in un paesino affacciato sul mare.

Fantasticava di poterla portare lì, un giorno, per farle vedere i luoghi dove era cresciuto: la casa sul mare che era stata della nonna Adele, le spiagge e le calette dove l'acqua assume colori fiabeschi, passando dal viola al turchese, per infiammarsi di porpora al tramonto. Gli scogli dove la roccia scura brucia sotto ai piedi nudi e i pesci ondeggiano e scivolano silenziosi tra le insenature. Le avrebbe fatto sentire il profumo intenso dell'eucalipto al tramonto, mentre, mangiando fichi d'india, si sarebbero riposati su una grande amaca, cullati dal mormorio delle onde, e avrebbero nuotato insieme nella luce bianca del mattino, quando il mare piatto sembra olio azzurro.

Carlo si mise a sedere sul divano. Bevve un altro abbondante sorso di vino e pensò che doveva convincerla a passare la prossima estate con lui, anche solo una decina di giorni. Avevano bisogno di trascorrere del tempo insieme, Carlo ne era convinto.

E perché no, potevano andare proprio in Calabria, tornare al paese, rivedere luoghi e persone che abitavano ancora nei suoi più bei ricordi.

Carlo aveva vissuto in Calabria, vicino al mare, fino agli anni dell'adolescenza. La sua vita, libera e sempre all'aria aperta, si svolgeva tra la scuola, la spiaggia e i pomeriggi con la nonna. Era lei che andava ad aspettare lui e i suoi fratelli all'uscita da scuola e li accompagnava a casa, finché la mamma li andava a riprendere, finito il lavoro di segretaria che svolgeva presso una grossa clinica.

Suo padre, invece, lavorava in banca, rientrava a casa sempre alla stessa ora, gli piaceva trovare la cena pronta e i figli lì ad aspettarlo. Era un uomo austero e rigido, un gran lavoratore, determinato e ambizioso. Era stato proprio per il suo spiccato senso del dovere e per la sua professionalità, che la banca un bel giorno gli aveva fatto un'offerta che non aveva potuto rifiutare.

Carlo ricordava perfettamente quel giorno. Il giorno in cui suo padre, mentre erano tutti seduti a tavola per la cena, lo aveva detto con un tono secco e senza troppi giri di parole: «Ragazzi, ascoltatemi bene. Tra pochi mesi, più o meno dopo le vacanze di Natale, cominciamo una nuova vita: ci trasferiamo in Piemonte. La banca mi ha offerto di dirigere una filiale appena inaugurata, in un paese alle porte di Torino».

Carlo aveva mandato giù il boccone di carne e aveva guardato sua madre, che aveva abbassato lo sguardo e con aria distratta gli aveva detto di pulirsi la bocca sporca di olio. Non lo aveva sfiorato neppure il sospetto che scherzasse. Era sempre serio, suo padre, quando parlava di lavoro. Timidamente Carlo gli aveva chiesto se il trasferimento riguardasse tutti, anche la nonna Adele.

«Carlo, la nonna non può venire con noi. È anziana, ha la sua casa, la sua vita, non lascerebbe mai la sua terra», gli aveva risposto lui, con la fermezza di chi non ammette controrepliche.

Era una sera di ottobre e suo padre aveva pronunciato la più atroce delle sentenze. Lasciare la loro casa, la scuola, gli amici, il mare, ma soprattutto lasciare la nonna Adele, per Carlo era peggio che morire. Si era chiuso nella sua camera per tutto il resto della serata, buttato sul letto al buio, gli occhi aperti a guardare il soffitto e un pianto strozzato in gola.

I mesi seguenti erano stati i più brutti della sua vita. Carlo non riusciva ad abituarsi all'idea di partire. Passava tutto il giorno con la nonna e tornava a casa sua solo la sera per dormire.

Odiava suo padre che aveva imposto a tutti la sua volontà e odiava sua madre che lo appoggiava e non osava contrariarlo.

«Carlo, non essere maleducato e porta rispetto ai tuoi genitori», lo rimproverava la nonna quando lui si sfogava con lei, urlando tutto il suo disprezzo per quella decisione. «È un'occasione unica per la carriera di tuo padre e voi vi abituerete presto alla nuova città. Ti farai tanti nuovi amici e vedrai un sacco di cose belle. Credimi, ti farà bene cambiare aria, allontanarti da questo piccolo paese e conoscere la vita vera». Poi sua nonna si era fermata, l'aveva abbracciato e baciato e, guardandolo negli occhi, gli aveva detto: «Carlo, la gente parla troppo, anche quando le cose non le sa, anzi, meno sa e più chiacchiera. Tu pensa sempre con la tua testa e non farti mai condizionare da nessuno. Nessuno, mi hai capito?».

Carlo aveva annuito e aveva guardato sua nonna con determinazione. Sapeva a cosa si riferiva. L'anno prima del loro trasferimento, aveva avuto un incidente con il fuoco durante una festa di paese, di cui però non ricordava molto.

Anche ora, da adulto, quando chiudeva gli occhi e provava a ricordarsi qualcosa, gli tornavano in mente solo il forte bruciore di una scottatura e una luce abbagliante da non vederci più. Nient'altro. Non ricordava di aver provato dolore e alla fine la bruciatura si era rivelata una cosa da niente.

Ma la vicenda era stata raccontata più volte, prima dai presenti che ne avevano parlato fra loro, poi da qualcuno che aveva sentito la storia e l'aveva a sua volta raccontata a qualcun altro e ben presto, passando di bocca in bocca, tra maldicenze e scaramanzia, il piccolo incidente con il fuoco si era trasformato in una vera e propria tragedia.

Carlo era stato bollato come una sorta di miracolato, addirittura c'era chi aveva attribuito la sua salvezza alla misericordia divina, ma c'era anche chi vedeva in quel bambino scampato alle fiamme il figlio del demonio.

Insomma, sentimenti contrastanti facevano da sfondo ai più fantasiosi pettegolezzi paesani, che spesso sfociavano in gesti di stizza nei confronti di Carlo e della sua famiglia.

Dopo l'incidente si era abbattuta sul paese una stagione di piogge violentissime, che avevano devastato raccolti e provocato frane. Il mare aveva allagato i piccoli villaggi della provincia reggina, entrando fin dentro alle abitazioni. I danni erano stati gravissimi, i vecchi giuravano di non aver mai assistito a nulla di simile e per qualche giorno erano dovuti intervenire i militari per riportare l'ordine. Da quel momento non si parlò d'altro se non della terribile sciagura che si era abbattuta sul paese, e la gente perse completamente interesse per il ragazzino, scampato alle fiamme per miracolo.

Il giorno della loro partenza, Carlo aveva salutato la nonna con il peso delle lacrime sugli occhi e l'umore nero, come il cielo di quella giornata piovigginosa. Si era sistemato sul sedile posteriore della macchina e senza dire una parola per tutto il viaggio si era lasciato trasportare verso la sua nuova vita.

La nonna Adele era morta due anni dopo il loro trasferimento a Torino, lasciando un vuoto incolmabile nel suo cuore.

Dopo quella perdita suo padre, spinto da un eccessivo pragmatismo, aveva deciso di vendere la casa di famiglia e di lasciarsi definitivamente alle spalle le sue origini meridionali. Aveva valutato che quei soldi gli sarebbero serviti a pagare gli studi ai tre figli maschi e a garantire a lui e a sua moglie una vita agiata e senza troppe pretese. Non aveva interpellato nessuno o chiesto consiglio, aveva agito e basta.

Carlo non aveva mai perdonato il padre per le sue scelte affrettate e autoritarie. Il loro rapporto era sempre stato molto muscolare. Si scontravano come due tori in un'arena, fieri e orgogliosi, non erano mai disposti a cedere o ad ammettere le proprie colpe. Carlo era uno spirito libero, amava agire di testa sua. Era convinto che fosse meglio fare e pentirsi, che pentirsi di non aver fatto. Fu questo suo modo d'interpretare la vita a spingerlo, appena diciottenne e fresco di diploma, a lasciare la famiglia e a trasferirsi a Roma per studiare psicologia all'università, contro il volere del padre che invece lo vedeva laureato in Economia e sistemato in banca come lui.

Suo padre d'altronde era un uomo concreto, abituato a lavorare sodo per la famiglia. Un uomo onesto, senza vizi, ma anche senza fantasia. Le cose per lui erano o bianche o nere. Nessuna sfumatura, nessuna indecisione, nessun rischio.

Carlo era diverso, lui non era mai sicuro di niente, si lasciava guidare dall'istinto. Si tuffava con passione nella vita, ma raramente trovava quello che cercava. Era un romantico, un sognatore. Amava osservare le persone, entrare nelle loro vite e ascoltare le loro storie.

Aspirava a fare qualcosa di utile, ed era convinto che aiutando la gente a superare i momenti di difficoltà, a guarire dai propri mali interiori, avrebbe contribuito a rendere migliore il mondo che lo circondava. Con questa idea in testa era partito per andare a studiare a Roma. Il paesino freddo e grigio dove aveva vissuto, nel Nord Italia, non faceva per lui.

Sua nonna, prima di morire, gli aveva lasciato una busta che conteneva la chiave di una cassetta di sicurezza, dove aveva depositato una sostanziosa somma di denaro che voleva andasse a lui: «Per realizzare il tuo sogno, qualunque esso sia», gli aveva detto, guardandolo negli occhi.

E a Carlo piaceva pensare di non averla delusa quando aveva deciso di utilizzare quei soldi per studiare e per laurearsi. Di giorno seguiva le lezioni, studiava e gironzolava per la città. La sera lavorava in un piccolo pub in centro, per cominciare a guadagnare qualcosa. Gli piaceva la città con il traffico e il disordine delle strade, con i rumori assordanti, il calore della gente e la varietà dei locali. Era molto diversa dal paese sabaudo dove aveva passato gran parte della sua adolescenza.

La sua famiglia non gli mancava. Era felice di badare a se stesso e di non dover rendere conto di niente a nessuno.

E poi a Roma abitava sua zia Franca, la sorella di sua madre. Carlo aveva sempre avuto un ottimo rapporto con lei. Era una donna intelligente e anticonformista, non si era mai sposata e nella vita aveva sempre fatto di testa sua. Anche lei se n'era andata dalla Calabria molto giovane, per seguire un fidanzato scapestrato, che poi si era rivelato un poco di buono. E quando la relazione era definitivamente naufragata, pur di non tradire le sue scelte era rimasta a Roma, non era tornata dalla famiglia al Sud, ma si era rimboccata le maniche e si era costruita il suo futuro. Carlo l'ammirava molto e si sentiva simile a lei per carattere e temperamento.

La domenica pranzavano spesso insieme. Sua zia lo portava sempre in una trattoria, dove secondo lei preparavano i tonnarelli cacio e pepe più buoni di tutta Roma. Carlo era quasi certo che Franca avesse una tresca con il proprietario del ristorante, un uomo basso e stempiato, dalla voce profonda e dal sorriso sempre stampato sul viso. Si chiamava Domenico e ogni volta che li vedeva entrare apparecchiava il tavolo migliore e preparava lui stesso fiori di zucca e baccalà fritti.

Dopo pranzo, certe volte, Carlo e sua zia se ne andavano al cinema. Franca adorava i thriller e i film dell'orrore. Passavano tutto il pomeriggio insieme e poi Carlo andava a lavorare al pub, un piccolo locale in centro, ritrovo di universitari e di qualche turista occasionale. Il proprietario, un ragazzone palestrato e tatuato, si fidava molto di lui e certe sere gli lasciava aprire e chiudere in completa autonomia.

Era lì che Carlo aveva conosciuto Sara. Era una sera di settembre e aveva appena iniziato il suo secondo anno di università. Aveva il viso fresco e lo sguardo fiero dei vent'anni. Si sentiva già grande, con i suoi impegni e le sue responsabilità, ma in fondo sapeva ancora molto poco della vita, dei suoi colpi di scena, delle insidie che spesso cela dietro ai suoi mille risvolti.

Quella sera, la vita aveva il volto di una ragazza dalle forme morbide e generose, dagli occhi languidi e dal sorriso intrigante. Sara era entrata nel locale con un gruppo di amiche. E da subito tra loro era nato un gioco di sguardi e di sorrisi che presto si era trasformato in battute, risate e brindisi ammiccanti.

A fine serata, entrambi su di giri per l'alcool e l'euforia, avevano fatto in modo di restare soli. Sara senza le sue amiche e Carlo impegnato a sistemare il locale prima della chiusura.

Erano usciti nella quiete della notte tenendosi per mano e si erano diretti di corsa verso la macchina. Prima che lei potesse aprire la portiera Carlo l'aveva tirata a sé e l'aveva baciata avidamente, stringendola e lasciando scivolare la mano lungo i suoi fianchi, poi sotto alla camicetta, cercando il suo seno caldo e morbido.

Lei si era allontanata di scatto da lui e con sguardo malizioso gli aveva fatto cenno di entrare in macchina.

Lì si erano amati con passione e spensieratezza, disinibiti e incuranti del tempo e del luogo.

Quando ormai erano quasi le cinque del mattino si erano salutati, intontiti e spettinati. Carlo le aveva dato un rapido bacio sulla guancia, lei gli aveva infilato in tasca un bigliettino con il suo numero di telefono e si erano lasciati così, con un anonimo e impacciato "ci vediamo". Era stata un'avventura, il gioco di una sera e, allora, ne erano consapevoli entrambi.

Carlo non aveva richiamato Sara nei giorni che seguirono. E Sara non aveva cercato più Carlo.

Poi un giorno era riapparsa, così, all'improvviso, per raccontargli una storia che lo riguardava e che lo catapultava di fronte a una sconvolgente verità. Una verità dolce e acerba allo stesso tempo, con cui Carlo cercava ancora di fare i conti.

Lo sbattere forte della finestra interruppe i suoi pensieri. Si era improvvisamente levato un forte vento. Carlo si alzò dal divano per andare ad accostarla. Si fermò per un attimo a guardare quel cielo scuro come un'ombra, punteggiato da piccole stelle lontane. Una nuova raffica di vento lo convinse a chiudere la finestra.

Quando si voltò i suoi occhi furono catturati da una luce e si posarono sul profilo di una donna inquadrata nello schermo della televisione accesa. Gli occhi, i capelli, i lineamenti del volto di quella donna erano così familiari.

Quando la donna della televisione girò il volto verso la telecamera che la stava inquadrando, per un attimo gli occhi di Carlo si specchiarono nei suoi.

Avvertì un tremore percorrergli il corpo e fu come se

qualcosa nelle viscere si fosse liberato e fosse risalito in superficie, fermandosi poi bruscamente al centro del petto. Ma non ebbe il tempo di metabolizzare, di capire, perché l'immagine sullo schermo era svanita e la telecamera si era allargata sul pubblico nello studio televisivo, intento ad ascoltare gli illustri ospiti di uno dei tanti, soliti e noiosi talk show della sera.

3. Non sapere che cosa fare

Bianca corse verso la toilette alla fine della trasmissione. Entrò nel bagno delle signore, si fiondò nel primo libero e chiuse la porta a chiave. Un attimo dopo sentì entrare qualcuno. Una ragazza che parlava al cellulare. Tirò lo sciacquone e uscì.

La ragazza era in piedi davanti agli specchi sopra i lavandini. Salutò l'interlocutore al telefono e si mise il cellulare in tasca.

Era l'assistente di produzione che era entrata nella sala d'attesa per istruire Mario sull'inizio della trasmissione.

Bianca si avvicinò al lavandino e aprì l'acqua. La ragazza, che intanto si stava passando il lucidalabbra sulla bocca, sorrise e salutò. Bianca ricambiò il sorriso poi riabbassò lo sguardo, ma intanto la sbirciava dallo specchio. La luce bianca della toilette metteva in risalto gli occhi allungati. Erano occhi caldi e intensi, color nocciola. Indossava pantaloni neri aderenti e una camicetta bianca di seta leggera.

Bianca prese della carta per asciugarsi le mani e poi, rivolgendosi alla ragazza, le disse la prima cosa che le passò per la testa.

«È andata bene stasera».

«Benissimo», rispose la ragazza, voltandosi senza esitazioni.

«Lei lavora con il dottor Lo Prete, giusto? Se le servono immagini video o la registrazione della trasmissione mi contatti e gliele farò avere molto volentieri», disse cordialmente.

Si mise una mano in tasca e tirò fuori un bigliettino da visita.

«Ecco, qui trova tutti i miei recapiti», disse, porgendole il biglietto.

Bianca lo prese e ringraziò sorridendo, senza distogliere lo sguardo dai grandi occhi dorati della ragazza.

«La contatterò sicuramente», le disse.

Poi, senza altri indugi, aggiunse: «Senta, lei ha un volto così familiare... è possibile che ci siamo già incontrate da qualche parte? Mi scusi per la sfacciataggine, ma ho come la sensazione di conoscerla».

«Oddio, è possibile. Sa, in questo lavoro incontro e conosco tante di quelle persone che non escludo sia potuto accadere anche con lei».

La ragazza si sistemò una ciocca di capelli dietro l'orecchio, abbozzando un timido sorriso. Mentre stava per riprendere a parlare, il suo cellulare squillò.

«Scusi un attimo», disse a Bianca, indietreggiando di qualche passo per rispondere. «Arrivo, arrivo». E riattaccò subito. «Mi scusi, ma devo scappare adesso... oggi è anche il mio compleanno e mi hanno fatto fare tardi!». Fece una risatina di cortesia e guardò l'orologio.

«Che dire, buon compleanno allora», balbettò Bianca impacciata.

«Grazie e a lei buona serata», disse la ragazza prima di schizzare fuori dal bagno.

Bianca rimase immobile per qualche minuto ad annusare il profumo che l'altra aveva lasciato nell'aria. Aveva una strana sensazione addosso, ma non riusciva a decifrarla. Guardò il biglietto da visita che la ragazza le aveva lasciato e lesse: Martina Donati, seguivano l'email e il numero di cellulare. Quel nome non le diceva niente, era un nome come tanti altri.

In quel momento anche il suo telefono squillò. Bianca trasalì, infilò il bigliettino nella borsa e frugò per cercare il cellulare. Era Mario. Annullò la suoneria, e lasciò che continuasse a vibrare senza rispondere. Si guardò di sfuggita nello specchio e uscì dal bagno.

«Dov'eri finita?». Mario l'aspettava in strada, sotto un cielo scuro e nuvoloso. «Dài, andiamo che ho fame».

Entrarono in macchina in silenzio e Mario disse all'autista di dirigersi verso un ristorante in centro.

«Hai visto come l'ho zittito? Quel cazzone di un giornalista pensava di potermi mettere in difficoltà e invece ero più preparato di lui. Ha fatto una figuraccia», disse tronfio, mentre ripeteva le battute con cui aveva smentito il suo interlocutore in studio. Bianca annuiva in modo distratto.

«Che hai? Sei silenziosa». Mario, protetto dall'oscurità, cercò la sua mano e la strinse. Bianca si irrigidì e dovette sforzarsi per non ritrarla.

«Sono solo un po' stanca», rispose, sfilando la mano e raccogliendo i lunghi capelli in una coda di cavallo.

«Andiamo in un posto nuovo, un ristorantino che ha aperto da poco lungo il Tevere. Il pesce è sempre fresco», disse Mario, cercando di cambiare discorso.

Nonostante la fame, Bianca avrebbe preferito inventarsi una scusa qualunque per farsi accompagnare a casa. Cenare con Mario voleva dire parlarci, affrontarlo, e più si avvicinava il momento e più Bianca lo temeva.

«Me lo ha fatto conoscere Antonio. Tra l'altro ci raggiungerà lì stasera», continuò lui.

Bianca si girò di scatto e lo guardò incredula. «Mario, sai bene che non ho piacere di vedere Antonio». Alzò il tono di voce più di quanto avrebbe voluto.

«Bianca, calmati. Secondo me è ora che tu e Antonio vi chiariate. Stasera potrebbe essere una buona occasione per parlarvi». Bianca fece una smorfia.

«Non intendeva offenderti, è un professionista, ha solo detto quello che pensava», continuò Mario ignorandola.

«Mario, mi ha dato della cretina!», replicò Bianca esasperata.

Antonio era un caro amico di Mario, un architetto che da qualche anno si ergeva a grande guru della comunicazione e curava l'immagine pubblica di Mario, dandogli dritte su come vestirsi e come muoversi durante i suoi incontri elettorali. Bianca non lo tollerava e l'ultima volta avevano discusso in merito a un articolo che Bianca aveva lottato per far uscire su un grosso quotidiano nazionale e che Antonio aveva criticato, smontandolo dall'inizio alla fine, perché secondo lui non rispecchiava l'identità di Mario e ne dava un'immagine noiosa. La cosa che più irritava Bianca era che Mario finiva sempre per dargli retta, screditando, di fatto, il suo lavoro.

Guardò fuori dal finestrino, cercando di calmarsi. Avevano appena imboccato il Lungotevere e le macchine si susseguivano in file disordinate, affiancandosi l'una all'altra in un gioco di frenate e di sorpassi. Bianca abbassò il finestrino e si sporse lievemente per prendere aria.

Dall'auto a fianco proveniva musica moderna sparata ad alto volume. Due adolescenti truccatissime chiacchieravano animatamente, muovendo il corpo a ritmo di musica. Bianca le guardò con una punta d'invidia e di complice simpatia.

Pensò a se stessa, appiattita sul sedile di pelle chiara di quell'auto nera che la stava lentamente fagocitando.

Quando il semaforo diventò verde e la macchina ripartì a tutta velocità, disperdendo gli schiamazzi delle adolescenti, Bianca non ebbe dubbi. Pregò l'autista di accostare.

«Bianca, ma che ti prende? Non sarà mica per la storia di Antonio...», le chiese Mario, guardandola sorpreso.

«Scusa, non mi sento bene, ho un mal di testa tremendo che mi sta dando la nausea. In queste condizioni non ho nessuna voglia di mettermi a discutere né di chiarire niente con nessuno». Bianca si lanciò fuori dalla macchina ormai ferma su un lato della strada.

«Ma Cristo santo, Bianca, aspetta un attimo...».

Mario la seguì fuori.

«Non insistere, Mario, ti prego...».

«Mi vuoi dire che ti prende?». Mario la fissò con aria seria, scrutando la strada oltre le sue spalle, preoccupato dagli sguardi indiscreti. Poi le si avvicinò, la prese per un braccio e la sospinse lentamente sul marciapiede.

«Il mal di testa è una scusa, Bianca, non prendiamoci in giro», continuò, abbassando il tono di voce, «sono giorni, anzi settimane, che ti comporti in modo strano. Avanti, parla».

Le stava dando un ordine e ancora una volta Bianca si sentì uno strumento nelle sue mani.

«Mario, è vero, dobbiamo parlare. Ma non ora, non così», disse, cercando di nascondere il tremolio nella voce. Sapeva di doverlo affrontare, non alle sue condizioni però. «Se fossimo stati soli a cena sarebbe stata una buona occasione, ma possiamo tranquillamente rimandare a domani».

"Diglielo, Bianca, maledizione, diglielo ora, non rimandare a domani".

Una voce supplicante dentro di lei tentava di farsi strada. Si erano fermati all'angolo di un incrocio con una piccola via, davanti a una gigantesca vetrina illuminata a giorno dietro la quale erano disposti eleganti poltrone e divani dalle forme moderne e sinuose. Il vetro limpido era invaso da adesivi bianchi sui quali campeggiava, a caratteri cubitali, una scritta rossa "VENDITA PROMOZIONALE" e ancora "SCONTI OLTRE IL 50%".

Mario e Bianca, fermi lì davanti sembravano due manichini in attesa di essere sistemati sugli ampi sofà.

Bianca si portò una mano sul viso e si massaggiò lievemente la fronte. Stava per parlare, ma Mario la interruppe. «Valentina mi ha chiesto il divorzio».

Bianca si bloccò e alzò il viso pallido verso quello di Mario.

«Cosa?», la domanda le uscì con un filo di voce.

«Volevo dirtelo, volevo parlarti con calma. Ma non c'è stata occasione». Mario sospirò.

«Quando?». Le parole di Bianca erano un sussurro.

«La settimana scorsa, abbiamo avuto l'ennesima litigata. Lei ha iniziato a straparlare, come al solito, poi ha detto che non ce la fa più. Che si sente vecchia, che la vita le sta scivolando via, e tutte 'ste minchiate qua… Morale, vuole il divorzio».

Mario si mise una mano in tasca, estrasse frettolosamente il pacchetto di sigarette e se ne accese una.

Bianca si appoggiò contro il vetro del negozio. Le girava la testa, non riusciva a mettere in ordine le idee. Sapeva che Mario e la moglie vivevano ormai da tempo come due separati in casa. Si erano messi insieme ai tempi del liceo e si erano sposati giovanissimi. Quando Mario aveva iniziato la sua relazione con Bianca, il loro matrimonio era già in crisi da qualche anno. Bianca, inoltre, era quasi certa che prima di lei Mario avesse avuto altre relazioni extraconiugali, anche se lui lo aveva sempre negato con fermezza.

Più volte Bianca aveva chiesto a Mario perché non si decidesse a lasciare la moglie e lui, per anni, le aveva propinato sempre la stessa storia: Valentina era una donna sola, figlia unica di genitori anziani che erano morti poco tempo dopo il loro matrimonio. Stavano insieme da quando avevano sedici anni, Mario e il figlio quasi diciottenne erano tutto ciò che le rimaneva. Non poteva lasciarla, avrebbe sofferto troppo, ne sarebbe morta.

E così erano rimasti insieme, dentro a un matrimonio spento, di cui non restava altro se non una firma su un registro e un abito bianco, ingiallito e dimenticato.

Bianca pensava spesso a Valentina, la moglie del suo uomo. Non poteva non sapere, non immaginare che il marito avesse un'amante. Mario non era mai in casa, tornava tardi la notte, spariva per interi weekend. Come aveva potuto sopportare per tutto quel tempo? E ora, finalmente, aveva preso una decisione, forse esasperata, forse bisognosa di recuperare anche solo un briciolo di dignità.

In un momento di disperata lucidità stava dando a Mario il benservito. Per un attimo le sembrò un'eroina nel suo momento di gloria. Aveva fatto ciò che lei era incapace di fare.

Bianca si sentiva sollevata, era come se improvvisamente le avessero tolto un peso dallo stomaco, il suo perenne senso di colpa veniva alleviato dal gesto di quella donna che finalmente aveva deciso di reagire.

Le venne quasi da ridere, era incredibile, ma si sentiva sollevata, quasi felice. E non per se stessa, come sarebbe stato normale immaginare. Era felice per Valentina, per la sua rivale, per la donna che neanche conosceva, ma di cui sapeva tutto.

Mario gettò la sigaretta per terra e la guardò incredulo: «Cos'è che ti diverte tanto?», le disse, scrutando il lieve sorriso che le si era dipinto sul volto.

«Scusami», disse lei cercando di riprendersi, «la mia è solo una reazione nervosa».

«Va be' Bianca, torniamo in macchina. Non mi piace parlare di queste cose in mezzo alla strada».

Mario era nervoso, si muoveva a scatti e non riusciva a stare fermo. Bianca si rese conto che per la prima volta era davvero in difficoltà. Provò una sensazione di piacere.

Lui iniziò a incamminarsi lentamente in direzione della macchina. Ma lei non si mosse. Non aveva alcuna intenzione di seguirlo. E comunque non avrebbe affrontato l'argomento con lui subito, non dopo quell'ultima rivelazione.

«Non vengo, Mario», disse, avvicinandosi a lui. «Per una volta facciamo come dico io. Adesso tu vai a cena e io, invece, me ne torno a casa perché sono molto stanca».

Mario sospirò, non aveva più la forza di insistere.

«Come vuoi tu», disse infine. La guardò ancora un istante, poi allungò rapidamente il passo verso la macchina.

Bianca restò immobile a guardarlo.

Quando l'auto finalmente ripartì e sparì oltre la curva, lei allentò i muscoli del viso in un sospiro liberatorio. Era finalmente sola.

S'incamminò pensierosa e assorta verso la strada principale, guardò il cielo scuro e solo in quel momento si rese conto di dove fosse esattamente. Aveva davanti l'imponente e sontuoso "Palazzaccio", la sede della corte suprema di Cassazione. Si fermò un istante, incerta sul da farsi. Era tarda sera, ma la città era ancora sveglia e in movimento.

Una coppia di turisti a pochi passi da lei stava esaminando una cartina della città. La ragazza, dai lineamenti orientali, a un tratto le si avvicinò: «Excuse me, do you know where's piazza del Pantheon?», disse indicando l'icona sulla cartina.

Bianca iniziò a spiegare e a indicare con le mani il percorso che dovevano seguire. I due ragazzi annuirono, poi ringraziarono sorridenti e si incamminarono tenendosi per mano. Bianca rimase a guardarli per qualche secondo. Lei e Mario non avevano mai camminato mano nella mano, chissà se con sua moglie lo aveva mai fatto.

Decise che aveva voglia di camminare anche lei, doveva schiarirsi le idee, cercare di distrarsi. Non aveva voglia di tornare a casa, non ancora.

Attraversò il ponte, imboccò via Zanardelli, svoltò per piazza delle Cinque Lune e proseguì su corso del Rinascimento.

Le piaceva passeggiare senza una meta, la faceva sentire un'estranea nella sua stessa città, una turista in cerca di nuovi scorci. Roma con la sua bellezza sacra e animata, riusciva a farle perdere il senso dell'orientamento e a trasportarla lontano dalla realtà.

Bianca si era ritrovata molto spesso a gironzolare da sola per il centro. Ai tempi dell'università andava sempre a studiare in una biblioteca storica del Milleseicento proprio a pochi passi da lì. Ricordava di come le piaceva sedersi ai lunghi tavoli di legno scuro, illuminati da una luce calda e severa. Le piaceva l'altezza vertiginosa dei soffitti, le pareti colme di libri antichi e le vetrate lunghe incorniciate da tende pesanti.

Tutto l'attraeva di quel posto e quando usciva da lì si sentiva soddisfatta e appagata dalla giornata di studio.

Decise di camminare fino alla biblioteca. Raggiunse velocemente piazza Sant'Agostino. Si fermò di fronte a un cancello oltre il quale c'era una porta chiusa. La porta poteva sembrare l'ingresso di un qualsiasi palazzo residenziale, se non fosse stato per la bandiera italiana appesa all'asta sul muro.

Bianca pensò che era difficile immaginare che oltre quella piccola porta potesse schiudersi uno spazio tanto maestoso e ampio, com'era il suo ricordo di quel luogo.

La bandiera iniziò a sventolare violentemente davanti ai suoi occhi, schiaffeggiando la notte che si stava prendendo Roma. Bianca notò i nuvoloni grigi che si addensavano nell'oscurità sopra di lei. Stava cambiando il tempo e l'aria iniziava a emanare un odore diverso, quel misto di polvere ed elettricità che preannuncia l'arrivo di un temporale.

Un brivido la percorse. Istintivamente si abbottonò la giacca di lino leggero che indossava sopra al vestito. Guardò verso l'ampia scalinata alla sua sinistra e seguì con lo sguardo i gradini, a uno a uno, fino in cima. La porta della basilica era aperta e una luce fioca proveniva dall'interno. Era un orario inconsueto per trovare una chiesa aperta.

Bianca si lasciò incuriosire. Non ricordava l'interno di quella chiesa, forse non c'era mai entrata, nonostante ci fosse passata davanti molte volte.

S'incamminò su per le scale, varcò la soglia e spinse con le mani la porta laterale, che si richiuse subito dietro di lei.

Ci mise un attimo per abituarsi alla penombra. La grande chiesa era immersa in un silenzio spettrale. Bianca si guardò intorno: i suoi occhi si muovevano veloci tra le colonne e le arcate di marmo che davano profondità alle ampie navate. Soffitti e pareti erano ricoperti di affreschi e ogni cappella laterale custodiva un quadro o una statua di un santo diverso.

La chiesa appariva carica di ornamenti dorati e Bianca fu sopraffatta da una moltitudine di elementi che i suoi occhi faticavano ad afferrare. Poi il suo sguardo si fermò sull'altare. Sembrava così piccolo e semplice rispetto a tutto il resto. Il tavolo era ricoperto da un telo bianco, due candele vibravano ai lati e in mezzo era esposto il Santissimo Sacramento.

Bianca non frequentava le chiese da molto tempo, ma conosceva bene i riti e i simboli della religione cattolica. Sua madre era stata un'assidua praticante e fino alla fine dei suoi giorni aveva mostrato una fede granitica.

Capì immediatamente che quell'ostia esposta fuori dal tabernacolo significava che in quella chiesa era in corso un'adorazione eucaristica.

Si guardò intorno e vide, sparsi tra i banchi, corpi immobili, rannicchiati in preghiera. Quei fedeli le ricordarono sua madre, inginocchiata sui banchi della chiesa dove ogni domenica portava lei e Chiara a seguire la messa per la gioia di don Donato, il prete, il quale non si stancava di esortare i suoi parrocchiani a portare in chiesa i figli, che alla fine di ogni funzione premiava con dolcetti e caramelle colorate. Ma a Bianca le caramelle non interessavano. Lei s'intrufolava svelta in sagrestia e pregava don Donato di darle l'ostia, la stessa che sua madre si lasciava scivolare in bocca durante la funzione e che lei non poteva avere. Don Donato, con un sorriso compiaciuto, apriva l'anta di un mobiletto di legno scuro e tirava fuori da una scatola una busta di plastica piena di ostie sconsacrate. Bianca, felice, ne prendeva una e se la infilava in bocca, la spingeva sul palato e la stuzzicava con la lingua finché lentamente le si scioglieva tra le labbra.

Avvolta nell'atmosfera mesta della chiesa, senza far rumore si sistemò su uno degli ultimi banchi. Il silenzio intorno a lei le trasferì una sensazione di calma rassicurante. Sarebbe bastato lasciarsi avvolgere da quella quiete, diventarne parte, per gettarsi alle spalle tutti i suoi problemi.

Chiuse gli occhi cercando di assorbire quell'atmosfera tranquilla. Sapeva che fuori di lì, oltre le mura della chiesa, si agitava la vita. Immaginò la gente in strada muoversi disordinata, i giovani ridere tra il tintinnio di bottiglie di vetro, i gabbiani volteggiare affamati sopra i palazzi e il vento insinuarsi tra la vie della città.

Cercò di immaginare Mario seduto al tavolo del ristorante. Era già arrivato? Stava mangiando o aspettava Antonio? Mario che non si lasciava mai sconvolgere da niente, che era sempre calmo, lucido, sicuro di sé. Eppure quella sera, mentre si confidava con lei, le era sembrato fragile, stanco, persino vecchio.

Avvolta nel buio, con gli occhi chiusi e la schiena

abbandonata sullo schienale di legno, buttò la testa all'indietro, come una vecchia marionetta. Si sentiva sola, come mai prima di allora. Avrebbe voluto chiamare un'amica, chiederle di vedersi, parlare, per poter sfogare la sua rabbia e la sua delusione. Pensò a Corinne, l'unica persona rimasta alla quale avrebbe potuto affidare la sua pena.

In quel momento le sarebbe piaciuto poter prendere la sua vita e appallottolarla come un foglio di carta. Lo avrebbe lanciato il più lontano possibile e ne avrebbe preso uno nuovo, tutto bianco, candido come un lenzuolo steso al sole. Avrebbe riscritto tutto da capo, pagine e pagine di un'altra vita. Poteva ancora farlo, poteva ricominciare, doveva solo trovare la giusta spinta, una risolutezza che aveva perso da molto tempo.

Il rumore improvviso di un tuono interruppe i suoi pensieri e spezzò il silenzio nella chiesa. Un uomo, qualche banco più avanti, tossì. Una donna fece cadere il libro delle preghiere che teneva sulle gambe.

Bianca aprì gli occhi, si raddrizzò e come se fosse stata sfiorata da una mano leggera, girò la testa oltre le sue spalle e in fondo alla chiesa la vide. Una grande statua di marmo bianco incorniciata da una cappella dorata.

Era una Madonna seduta, che teneva in braccio il suo bambino. Un'immagine semplice che evocava in lei ricordi lontani. La statua era circondata da fiori e da candele accese. Bianca notò che di spalle inginocchiata davanti alla statua, c'era una donna avvolta in una lunga gonna nera.

Bianca si alzò lentamente e si avvicinò alla statua, cercò di camminare in punta di piedi per evitare il ticchettio dei tacchi sul pavimento. Lesse una targa appesa al muro: "Madonna del Parto, opera di Jacopo Sansovino, 1518". Al lato della cappella e sul pavimento ai piedi della Vergine c'erano un'infinità di lettere, biglietti, disegni e fotografie di bambini sorridenti. Erano tutti per lei. Affinché ascoltasse le preghiere, le richieste d'aiuto o i semplici ringraziamenti che donne e uomini di tutte le età, da ogni angolo del mondo, venivano ad affidare alla sua benevolenza.

Bianca provò un fremito di emozione. Poi girò lo sguardo sulla donna inginocchiata davanti alla statua. Era molto giovane, aveva la pelle chiarissima, i capelli biondi, spettinati, annodati in una piccola coda. Aveva un corpo magro e lungo, le mani incrociate davanti agli occhi erano arrossate e screpolate, i vestiti sporchi e sgualciti. Indossava ciabatte di gomma che lasciavano scoperti i piedi fragili e neri di asfalto. Doveva essere un'immigrata, forse dell'Est Europa. Bianca continuava a fissarla e lei, come se si fosse accorta di quello sguardo insistente, alzò la testa. Aveva degli occhi grandi, di un celeste così chiaro da sembrare trasparente. Sorrise lievemente e Bianca notò che le mancava qualche dente. Ricambiò il sorriso e sussurrò un saluto. Poi, senza un motivo preciso, forse per nascondere l'imbarazzo di essere stata sorpresa a fissarla, s'inginocchiò anche lei.

La ragazza spostò lievemente il corpo per farle spazio. Bianca sentì il suo respiro caldo e l'odore aspro degli abiti sudati. Le guardò le braccia esili avvolte in una maglia di stoffa scura. La ragazza fissava la statua della Madonna. Sembrava che le stesse parlando, muoveva lievemente le labbra, ma non emetteva alcun suono. Forse è incinta, pensò Bianca. Aveva l'aria stanca e il pallore candido del suo volto la faceva sembrare un fantasma.

Con un gesto rapido, quasi inconsapevole, la ragazza si posò una mano sul ventre. Un gesto delicato e protettivo che durò meno di un secondo. Poi emise un gemito, come se improvvisamente avesse provato dolore. Si alzò di scatto, quasi presa da chissà quale urgenza, e con un fruscio si allontanò verso l'uscita della chiesa.

Bianca la osservò di nascosto ed ebbe l'impulso di seguirla. Guardò il volto impassibile della statua e poi, senza pensarci ancora troppo, si alzò e uscì anche lei.

Fuori aveva cominciato a piovere forte. La ragazza era chinata in avanti sotto l'ampio cornicione e stava raccogliendo degli oggetti: una busta di plastica, un tappetino di gommapiuma bucato e un lungo cappotto troppo largo per la sua esile figura e troppo pesante per quella stagione. Doveva essere una mendicante, una delle tante che affollavano le strade della città. Come presa da un senso di responsabilità nei confronti di quella sconosciuta dall'aria delicata, Bianca cercò il portafoglio nella borsa ed estrasse una banconota.

«Tieni», disse allungando la mano verso di lei.

La ragazza la guardò per un istante, poi si avvicinò e prese i soldi. Sorrise, e in quel momento Bianca percepì una sensazione di benessere interiore. Quel sorriso era così sincero.

«Come ti chiami?»

«Julia», rispose la ragazza continuando a sorridere.

La luce giallastra dei lampioni illuminava l'asfalto bagnato e il volto della ragazza, che appariva sempre più pallida e malandata.

Bianca stava per parlarle di nuovo, ma a un tratto la vide piegarsi leggermente in avanti. La faccia si contrasse in una smorfia, gli occhi azzurri si dilatarono in modo innaturale, barcollando perse l'equilibrio e andò a sbattere contro il muro.

Bianca l'afferrò appena in tempo evitando che cadesse. La sorresse, e Julia, con un lamento di dolore soffocato, si abbandonò svenuta tra le sue braccia.

Diluviava. Cercando di sorreggere come meglio poteva il corpo della donna, Bianca si guardò attorno spaventata, senza sapere cosa fare.

Le violente sferzate di pioggia sfioravano le due donne accasciate contro il muro e riparate sotto il cornicione della chiesa. I due corpi impietriti avevano assunto una posizione che agli occhi di un passante poteva vagamente ricordare la rappresentazione della Pietà di Michelangelo.

4. Una scelta importante

Muovendosi velocemente tra i corridoi degli studi televisivi, Martina faticò quasi a trovare la porta del suo ufficio. Lavorava lì da quasi sei mesi, ma i corridoi labirintici di quel palazzone le sembravano tutti uguali, soprattutto di sera, con le luci spente e il silenzio intorno.

Intravide una luce accesa e superò una stanza aperta dove una donna addetta alle pulizie lasciava scivolare con vigore bastone e straccio sul pavimento, e finalmente si orientò. Aprì una porta chiusa ed entrò nel suo ufficio. Tre scrivanie identiche erano disposte ai lati delle pareti. Martina si diresse verso la sua, proprio accanto alla finestra. Sul davanzale c'era una bella orchidea fiorita, regalo di compleanno dei suoi colleghi. Martina aprì l'ultimo cassetto nel quale, sparsi in una gran confusione, c'erano carte, matite, pacchetti di cracker e assorbenti. Doveva sistemare quel cassetto, pensò tra sé e sé.

Sua madre la rimproverava di continuo per il proverbiale disordine che regnava nella sua camera da letto. Non le dava tregua ed era arrivata a minacciarla di entrare nella sua stanza, mentre lei non c'era, e buttare tutto ciò che trovava sparso per terra. Non lo avrebbe mai fatto, Martina lo sapeva bene, ma quelle minacce continue e le lamentele assillanti che la inseguivano dalla mattina alla sera, la snervavano a tal punto che ultimamente cercava in ogni modo di evitare di incrociare sua madre. E non era poi così difficile.

Da quando lavorava, usciva presto la mattina e la sera, finito il lavoro, andava a prendere l'aperitivo con le amiche, spesso cenava fuori, e rientrava quando sua madre già dormiva. I weekend, il più delle volte, stava con Massimo, a volte il sabato restava anche a dormire da lui a Frascati.

Nelle rare occasioni in cui passava del tempo con sua madre, finivano quasi sempre per discutere, per motivi che Martina giudicava davvero stupidi e di poco conto.

Ma sua madre aveva sempre qualcosa da rimproverarle: la camera in disordine, la spazzatura da buttare, un paio di scarpe abbandonato in giro per casa, il suo stare fuori fino a tardi, la sera. Non le andava mai bene niente di quello che Martina faceva e da quando si era messa con Massimo era diventata ancora più ansiosa e invadente. La controllava, la chiamava in continuazione durante la giornata e le stava con il fiato sul collo. Martina ne aveva abbastanza.

Frugò tra carte e oggetti nel cassetto. Dove si era ficcata quella maledetta busta? Finalmente la trovò, nascosta sotto a un bloc-notes ancora inutilizzato. La tirò fuori, sollevata di averla ritrovata, e la guardò per qualche istante. Lì dentro c'era un pezzetto del suo futuro, la prima scelta autonoma della sua vita.

Per un attimo il cuore cominciò a batterle con eccitata impazienza, ma l'immagine di sua madre la riportò con i piedi per terra. Non le aveva ancora accennato niente, si sentiva in colpa. Doveva trovare il tempo di spiegarle come stavano le cose, di convincerla che ormai era cresciuta e poteva camminare con le sue gambe.

Infilò la busta nella borsa, sfilò la giacca dallo schienale della poltrona e si diresse verso l'uscita del palazzo.

Due grosse porte trasparenti si aprirono davanti a lei, introducendola all'aria scura e umida della sera. Attraversò il cortile e superò il cancello nero.

Massimo la aspettava, dall'altra parte della strada, appoggiato a una panchina, un cappellino calato sulla fronte e la testa china sul telefonino. Lo raggiunse sorridendo.

«Quanto ci hai messo!», disse lui bonariamente, quando la vide, infilando il telefonino in tasca e tirandola a sé per baciarla delicatamente sulle labbra.

«Non trovavo la busta», disse Martina, abbandonandosi tra le sue braccia.

Si erano conosciuti a lavoro, lui faceva il cameraman ed era di qualche anno più grande di lei.

Si erano piaciuti subito e nel giro di poco si erano messi insieme. Nonostante fossero passati pochi mesi, erano già molto innamorati.

Martina, diffidente per natura, con lui si sentiva a suo agio, le piaceva coccolarlo e accudirlo. Certo, le occasioni per ritagliarsi momenti d'intimità erano poche. Massimo viveva ancora con i suoi genitori a Frascati. Il sabato spesso Martina si fermava a dormire lì, ma era a disagio con la madre di lui, una donna all'antica, che lavorava come infermiera in ospedale e faceva spesso i turni notturni. Martina la incrociava la mattina, mentre seduta al tavolo della cucina faceva colazione con Massimo. Lo sguardo severo e l'aria sempre composta della donna, nonostante la notte in bianco, le trasmettevano tutta la sua disapprovazione. Non le aveva mai detto niente apertamente anzi, si dimostrava sempre cortese e disponibile. Le faceva trovare gli asciugamani puliti in bagno e la casa in ordine, ma erano gentilezze formali, dettate dalla buona educazione, e Martina lo percepiva.

Anche per questo, l'idea di Massimo le era sembrata perfetta e si era lasciata convincere quasi subito.

«Una persona che conosco affitta un appartamento non lontano da qui», le aveva detto qualche settimana prima, durante una pausa pranzo. «È un pianoterra, lo affitta a poco ed è già arredato. Sarebbe perfetto per noi», aveva aggiunto, mentre erano seduti ai tavolini di un bar sul marciapiede.

«Per noi?», aveva risposto Martina stupita.

«Be', non sarebbe bello avere un posto tutto nostro? Il mio stipendio è quello che è, ma ti hanno appena riconfermato la collaborazione e ti pagano abbastanza bene, se dividiamo le spese ce la facciamo».

Martina aveva lasciato per un attimo il piatto d'insalata che aveva davanti e si era appoggiata all'indietro sulla sedia, meditando sulla proposta.

«Sei serio?», gli aveva chiesto, accennando un sorriso.

«Serissimo», aveva risposto lui, mentre un pezzettino di tonno gli restava appiccicato alle labbra. Martina aveva preso il tovagliolo e lo aveva pulito, con un gesto affettuoso.

«Potremmo avere tutta l'intimità del mondo, senza rotture di palle. Tu senza tua madre che ti opprime e io senza dovermi preoccupare che tu dorma a casa mia il sabato sera».

Era serio, Martina lo aveva capito dal luccichio che aveva negli occhi mentre le parlava.

Qualche giorno più tardi erano andati a vedere l'appartamento e a entrambi era piaciuto molto. Avevano trattato sul prezzo e infine avevano concordato la cifra.

Martina si sentiva elettrizzata all'idea di lanciarsi in un progetto così importante. Certo stavano insieme da poco e vivere sotto lo stesso tetto era più impegnativo che fare la vita dei fidanzatini, ma potevano provarci. Non era necessariamente un impegno per tutta la vita. Il fatto che sua madre ancora non lo sapesse rendeva Martina nervosa, ma l'entusiasmo e la determinazione di Massimo la incoraggiavano.

Tirò la busta bianca fuori dalla borsa e la porse a Massimo.

«Ecco la mia parte», gli disse con un grosso sospiro.

Quei soldi erano la sua metà dell'acconto che Massimo aveva versato al proprietario di casa qualche giorno prima. L'indomani lo avrebbero incontrato per prendere gli ultimi accordi e farsi dare le chiavi. Potevano trasferirsi nell'appartamento già alla fine del mese, dipendeva solo da loro. Massimo aveva parlato con i suoi genitori e aveva spiegato loro che oltre alla volontà di stare con Martina, viveva troppo distante dal posto di lavoro ed era stufo di fare tutti quei chilometri ogni giorno. La madre di Massimo era contraria alla convivenza e avrebbe preferito che il figlio si sposasse prima. Ma il padre l'aveva convinta a lasciarlo fare. Era adulto e doveva assumersi le sue responsabilità.

In piedi davanti a quella panchina sgangherata, Martina e Massimo si guardarono in silenzio, soppesando l'importanza della loro scelta. Poi si sciolsero in un abbraccio liberatorio. Non avevano dubbi, ormai sarebbero andati fino in fondo.

Massimo le accarezzò i capelli e la baciò con la punta delle labbra, prima dietro all'orecchio e poi lungo il collo bianco e liscio. Martina provò un brivido di piacere e gli si strinse addosso con forza.

Si sentiva felice, come non le succedeva da tempo. Finalmente poteva prendere la sua strada, lasciarsi alle spalle le inquietudini della madre e vivere la vita che voleva, con il ragazzo che amava.

Sperava che sua madre potesse capire, ma in cuor suo sapeva che non l'avrebbe presa bene. Avrebbe accampato un miliardo di scuse per dissuaderla, anche se Martina sapeva che il vero problema era uno soltanto. Sua madre era attaccata a lei in modo ossessivo. L'aveva cresciuta da sola, con grandi sacrifici e difficoltà che aveva affrontato senza l'aiuto di nessuno.

Martina le voleva molto bene, ma pensava che si fosse indurita troppo negli anni. Non rideva più e ingigantiva ogni problema, non era felice e in qualche modo proiettava la sua insoddisfazione su di lei. Per questo Martina si era allontanata. Era giovane e non aveva nessuna intenzione di rinunciare alla sua felicità.

Guardò l'orologio, si stava facendo tardi.

«Devo andare», disse improvvisamente, staccandosi da Massimo.

Lui fece una smorfia di disappunto.

«Mi ricorderò del fatto che preferisci passare la sera del tuo compleanno con *lui* anziché con me», disse fingendosi offeso.

«Ne abbiamo già parlato Massimo. Gliel'ho promesso molto tempo fa. Lo vedo così poco», disse Martina tirandolo a sé e mordicchiandogli il naso. «Domani staremo tutto il giorno insieme», concluse.

«Glielo dirai?», chiese Massimo improvvisamente serio.

Martina fece un mezzo sospiro. Avrebbe voluto parlargliene, lui avrebbe capito, era sempre così calmo e ragionevole. Da quando lo conosceva, lo aveva visto raramente perdere le staffe. Forse avrebbe potuto aiutarla con sua madre, poteva parlarci lui, rassicurarla. Ultimamente erano così in sintonia. Lei aveva deciso ormai da tempo di dargli una possibilità. In fondo Martina si sentiva molto matura, era cresciuta più in fretta delle ragazze della sua età e aveva imparato a rileggere gli avvenimenti della sua vita con una lucidità che prima non possedeva. Riusciva sempre meglio ad arginare il tumulto di emozioni che l'avevano condizionata in passato e aveva preso le distanze da quel risentimento viscerale che affiorava in certi suoi momenti di sconforto. Si sentiva più forte e rasserenata da una nuova pace interiore.

«Penso di sì», disse infine. «Gliene parlerò stasera».

Martina si allungò per stampare un ultimo bacio sulla bocca di Massimo. Infine si staccò, gli sorrise accarezzandogli una guancia e scappò via verso il parcheggio dei motorini.

5. Non si può cancellare il passato

Quando Carlo aprì la porta di casa il cuore mancò un colpo e gli occhi si accesero di gioia. La tavola era già apparecchiata e la bottiglia di rosso era aperta. In un calice ondeggiava ancora un sorso di vino, l'altro invece era immacolato.

«Ciao papà».

«Ciao Martina», disse tirandola a sé, «tanti auguri tesoro».

Profumava di notte e di vento, doveva essere arrivata con lo scooter. Lo aveva acquistato da poco, di seconda mano, grazie a un amico dell'università e lo aveva pagato con i suoi risparmi. Carlo non era d'accordo, ma non c'era stato modo di dissuaderla. Non gli piaceva immaginarla in mezzo al traffico di Roma, soprattutto la sera. Ma come tutti i padri si era dovuto rassegnare.

L'abbracciò stretta, era sempre bello ritrovare il contatto fisico con lei.

Ma la figlia si sottrasse rapidamente. Non si lasciava mai avvicinare troppo, un velo di diffidenza accompagnava ogni abbraccio o carezza. Il suo corpo s'irrigidiva. Era una reazione istintiva, quasi involontaria, come una forma di difesa, ma Carlo ne soffriva lo stesso.

Sapeva bene che doveva essere paziente e procedere per gradi. Doveva comportarsi come un sub sott'acqua: scendere lentamente, senza fretta, respirando al momento giusto.

Aveva imparato a controllarsi, a trattenere il frenetico desiderio di recuperare il tempo perso. In fondo non poteva cancellare il passato, anche se non era dipeso da lui. Lui aveva subìto la scelta di altri.

Era stato escluso, vivendo per molto tempo all'oscuro di tutto, ignaro e impotente. Aveva dovuto accettare gli avvenimenti, reprimere la rabbia, caricarsi del senso di colpa e in alcuni casi anche della vergogna. E lo aveva fatto solo per il bene di sua figlia. Anche ora, ripensandoci, gli venivano i brividi.

Aveva scoperto di avere una figlia nel momento in cui la bambina stava per compiere dieci anni.

Dieci anni senza un figlio che esiste per il mondo, ma non per te. Dieci anni per lei senza un padre e, per lui, senza un sospetto.

Ricordava ogni istante, ogni gesto e ogni parola di quella fredda domenica di gennaio. Aveva ricevuto una telefonata, ma quando aveva risposto era seguito solo un lungo silenzio e poi era caduta la linea.

Dopo dieci minuti il telefono aveva squillato di nuovo. Questa volta dall'altra parte c'era la voce fioca e agitata di una donna.

«Ciao Carlo, sono Sara».

«Sara chi?», aveva chiesto lui.

La donna aveva sospirato. «Sara… ci siamo conosciuti anni fa al Flower Caffè».

Silenzio.

Carlo aveva ripetuto il nome fra sé e sé, cercando di ricordare. Era tornato indietro nel tempo, ai giorni dell'università, al suo lavoro serale come barista nel piccolo locale. Poi un volto dai contorni poco definiti si era profilato nella sua memoria.

«Ah certo, Sara! Ciao... come stai... come hai fatto a...». Non trovava le parole.

«Carlo, ti devo parlare», gli aveva detto lei in tono risoluto, «è una questione importante, che ci riguarda... che riguarda soprattutto me, ma anche te».

«Di che si tratta?»

«Non al telefono, vediamoci domani all'ora di pranzo. Per te va bene in centro?».

Sì, per lui andava bene in centro. Avevano concordato orario e ristorante, poi si erano salutati.

Carlo ricordava di aver passato il resto della giornata e della notte a ripensare a quella telefonata. Alle poche frasi che si erano scambiati. Frammenti di parole che si mischiavano e s'ingarbugliavano, lasciando una scia d'inquietudine.

Il giorno dopo si era presentato all'appuntamento in anticipo. Era entrato nel ristorante per accertarsi che Sara non fosse già arrivata e poi era uscito ad aspettarla.

Lei era arrivata con venti minuti di ritardo, quando Carlo stava ormai pensando di andarsene. Si erano salutati senza nascondere il forte imbarazzo.

Sara non era cambiata: stesso sguardo intenso, stesso sorriso franco.

Portava i capelli più corti e più scuri rispetto ai tempi dell'università, ed era anche molto più magra di allora.

Si erano stretti la mano in modo formale, lei aveva abbassato gli occhi evitando d'incontrare i suoi. Si erano seduti a un tavolo appartato in fondo al locale. Sara si era tolta la giacca con un gesto rapido e nervoso. Non era a suo agio e si vedeva. Avevano chiacchierato per una decina di minuti gesticolando e sorridendo troppo, tirando fuori, una dopo l'altra, frasi banali e argomenti di circostanza. Poi fra loro era piombato il silenzio. Sara aveva piantato gli occhi sul tavolo. Aveva incrociato le mani al petto e si era raddrizzata sulla sedia, chinandosi lievemente in avanti, come se stesse per sussurrargli qualcosa. Ma non aveva detto niente e dopo pochi secondi era scoppiata a piangere.

Un pianto silenzioso e composto che aveva lasciato Carlo inerme. Si era guardato intorno e aveva provato a dire qualcosa. Impacciato e confuso, le aveva preso con delicatezza le mani.

«Sara, che è successo? Parla, raccontami».

La ragazza aveva sollevato il volto rigato dalle lacrime e lo aveva guardato.

«Perdonami», aveva sussurrato e gli aveva stretto le mani con forza. Carlo si era irrigidito d'impulso, nonostante Sara non gli avesse rivelato ancora niente.

Gli era parso come di correre giù per una discesa molto ripida, quando le gambe si muovono quasi da sole, il corpo si abbandona alla velocità che aumenta. Si sa di poter cadere da un momento all'altro, di poter perdere l'equilibrio e ruzzolare per terra, ma si è consapevoli di non potersi fermare prima di arrivare in fondo.

Carlo stava per cadere, lo sentiva, e non poteva più evitarlo.

«Perdonarti per cosa?», aveva detto con voce piatta.

Sara aveva deglutito e senza più indugiare gliel'aveva detto. Aveva colpito dritto e forte.

«Abbiamo una figlia».

Gli sembrò che una ventata d'aria gelida fosse entrata all'improvviso nel locale.

«Si chiama Martina e ha dieci anni».

Aveva avuto la sensazione che il suo corpo si stesse deformando sotto il peso di quelle parole. Aveva sentito una fitta di dolore al centro del petto e un sapore amaro in bocca.

«Ha dieci anni ed è una bambina bellissima», aveva continuato Sara.

Carlo era rimasto per qualche secondo come pietrificato, incapace di parlare. La sua prima reazione era stata di totale rifiuto, nei confronti di quella donna, dei suoi deliri e di quelle che lui riteneva le fantasie di una mente malata. Pensava che fosse pazza, glielo aveva anche detto.

Tutta la vicenda era assurda: una tizia che non vedeva da una vita, della quale ricordava a fatica il nome, con cui aveva trascorso solo una notte, riappariva improvvisamente nella sua vita per rivelargli che era padre di una bambina di dieci anni. Queste cose succedevano nei film, non nella vita reale.

Ci erano voluti parecchi giorni e parecchie telefonate, un'infinità di sigarette e di notti insonni, di discussioni e anche di urla, prima di rimettere insieme i pezzi di una storia confusa e sconcertante.

Sara aveva scoperto di essere incinta un mese dopo il loro incontro e si era fatta prendere dal panico. Non aveva saputo gestire la situazione, non aveva trovato il coraggio di dirglielo subito, aveva rimandato più e più volte. Poi era tornata dai genitori, in un piccolo paesino dell'Umbria. E la gravidanza era trascorsa velocemente. Dopo la nascita della bambina la sua vita era completamente cambiata e lei era stata travolta dai ritmi frenetici e dalle nottate insonni. Alla fine si era convinta che sarebbe stato più facile tenere il segreto per sé. Non avrebbe retto un eventuale rifiuto da parte di Carlo, non voleva rovinare la vita di un ventenne e condannare sua figlia a portarsi dietro il peso dell'errore.

Poi, quando Martina era cresciuta, le sue domande sul padre erano diventante frequenti e sempre più insistenti. E Sara non ce l'aveva più fatta a mentire. Aveva sentito il bisogno di liberarsi dal peso di quel segreto.

Più Sara raccontava i particolari della sua scelta e più Carlo restava sconcertato. Non riusciva a crederle. Per sciogliere ogni dubbio, aveva preso coraggio e glielo aveva detto.

«Voglio fare il test del DNA... non è perché non ti creda... ma ho bisogno di essere sicuro, è anche nell'interesse di tua figlia, della bambina...».

Sara aveva accettato. Una mattina aveva aspettato che la figlia finisse di bere il latte per prendere la tazza e invece di metterla nel lavandino, l'aveva inserita in una busta sterilizzata. Poi era andata al laboratorio.

Carlo l'aveva raggiunta, nervoso ed emozionato.

Una mano esperta aveva preso tra due dita un bastoncino di plastica e lo aveva fatto scivolare all'interno delle sue labbra. Avevano aspettato i risultati nella sala d'attesa. L'uno di fronte all'altra, seduti muti e pensierosi. Dopo mezz'ora, un camice bianco si era affacciato e loro lo avevano seguito. Carlo era stremato, impaziente di conoscere la verità. Dopo settimane difficili e cariche di tensioni, finalmente il caos che lo aveva travolto sarebbe diventato ordine e l'ordine verità. Qualsiasi fosse stato il verdetto finale, lui era pronto.

«Prego, accomodatevi. Dunque... la bambina è figlia del dottor Carlo Neri. Il DNA combacia al 99,9 per cento».

«Cosa significa, perché non al cento per cento?», aveva chiesto d'istinto Sara, per un attimo preoccupata.

«È una formula di rito, ma significa che non c'è alcun dubbio».

Carlo lo sapeva invece. Per questo non aveva detto niente.

Stava già facendo i conti con quella sentenza. Aveva una figlia, una bambina che non conosceva, della quale non sapeva che faccia avesse, se bionda o mora, con gli occhi chiari o scuri. La immaginò andare a scuola, prendere per mano l'amichetta del cuore, ascoltare una fiaba prima addormentarsi. Una fitta di emozione lo aveva trafitto in quel momento. Era padre di una bambina di dieci anni. Quella creatura ignara era sua. E ora cosa doveva fare? Si era abbandonato su una sedia e aveva chiesto di essere lasciato solo. Doveva pensare, riflettere, abituarsi all'idea e iniziare lentamente a ricucire uno strappo durato troppo a lungo.

«Papà, mi hai sentito?». Martina lo stava fissando.

Carlo guardò la figlia, come sorpreso di trovarsi lì.

Era una donna ormai. E gli stava porgendo un bicchiere.

«Beviamo?». Martina prese la bottiglia e gli versò da bere.

Carlo alzò il calice e si avvicinò. «Dobbiamo fare un brindisi per il tuo compleanno».

Martina sorrise e versò del vino anche nel suo bicchiere.

«A te, alla tua vita e al tuo futuro», le disse Carlo, guardandola negli occhi.

Bevvero. Poi Carlo si girò verso i fornelli e buttò la pasta nell'acqua bollente.

«Ho fame e tu?»

«Molta», rispose Martina, «non mangio da stamattina».

«Come sta andando il tuo lavoro?»

«Bene, mi piace molto e sto imparando molte cose».

Carlo era fiero di lei. Grazie a un'amica della madre era riuscita a ottenere un posto come stagista nella produzione di un noto programma televisivo. Lavorava e continuava anche a dare gli esami all'università. Si era iscritta alla facoltà di Sociologia. Voleva fare la giornalista, ma era anche molto attratta dal mondo della televisione. Carlo la incoraggiava continuamente: doveva portare avanti le sue ambizioni e intanto cogliere tutte le opportunità che le si presentavano.

«E a te come va? Quella tua roba di volontariato come procede?». Martina si appoggiò al bancone della cucina e lo guardò. Sembrava ansiosa di parlare. Qualcosa dietro al suo sguardo schietto, la turbava.

Ma Carlo fece finta di niente. Le sorrise. Gli piaceva e lo faceva sentire importante quando sua figlia s'interessava alla sua vita.

«Molto bene», le rispose con entusiasmo. «Quel posto mi riconcilia con il mondo. Faccio progressi quotidiani con quella gente, mi sento davvero utile, ho imparato più cose a contatto con loro che in tutti gli anni di lavoro in ospedale».

Era vero, Carlo era finalmente riuscito a mettere a frutto la sua professione. Faceva quello che gli piaceva senza dover scendere a compromessi, eseguire procedure o prendere ordini. Era libero, quel progetto lo aveva inventato lui e vi si era dedicato anima e corpo, giorno e notte. Era ciò in cui credeva.

E pensare che era cominciato tutto quasi per caso, meno di un anno prima, in una mattina di pioggia. Carlo era in tremendo ritardo, doveva parlare a una conferenza organizzata all'università sul ruolo dello psicologo di base nell'assistenza primaria. Non era molto preparato e non era particolarmente interessato all'argomento. Ma il suo vecchio professore universitario aveva talmente insistito che alla fine aveva dovuto accettare. Si era scaraventato in macchina e si era infilato nel traffico assordante della mattina. Aveva fatto il primo tratto di strada suonando il clacson troppo spesso. Poi aveva deciso di cambiare percorso e aveva imboccato una via secondaria per cercare di evitare l'ingolfamento del Lungotevere.

Aveva svoltato in una strada stretta e lunga alla fine della quale c'era un semaforo. Si era fermato in attesa del verde e all'improvviso, quasi dal nulla, era apparso un vecchio che chiedeva l'elemosina. Avanzava lento e leggermente ricurvo, avvolto da un mantello pesante e sporco. Indossava un cappello a falda larga che gli copriva gli occhi e metà del volto. Carlo lo aveva seguito con lo sguardo, mentre l'uomo si era fermato di fronte al finestrino dell'auto. Si soffermava spesso a guardare i troppi mendicanti che affollavano le strade della città. Alcuni giovani, altri molto anziani, alcuni zoppi e malati, quasi tutti sporchi e malnutriti. E ogni volta che ne incrociava uno, Carlo sentiva crescere dentro di sé un forte disagio, misto a un senso di vergogna. Quasi si detestava nella sua diversità, con la sua bella macchina, i suoi impegni importanti e i suoi vestiti puliti.

Per Carlo erano soprattutto dei disperati. E non bastava lo sporco a nascondere dai loro volti l'ombra della miseria e dell'infelicità.

Ora quel vecchio aveva raggiunto il finestrino della sua macchina e lo fissava, piegato, con le mani giunte. Carlo aveva preso alcune monete dalla tasca della giacca e aveva abbassato il vetro. Le aveva messe in mano al vecchio e alzando la testa aveva incrociato i suoi occhi. Erano occhi stanchi, ma di un'intensità insolita. Si erano illuminati, mentre con un sorriso lo aveva ringraziato. Carlo aveva ricambiato il sorriso, poi aveva guardato il semaforo che nel frattempo era diventato verde. Aveva fatto un cenno con il capo al vecchio ed era ripartito. Ma con la coda dell'occhio aveva visto l'uomo attraversare lentamente la strada e tornare verso il semaforo dove, accasciata sul marciapiede, c'era una ragazzina scalza. Carlo non l'aveva notata fino a quel momento. Il vecchio le si era avvicinato e le aveva sfiorato una guancia. Poi con estrema delicatezza si era tolto il mantello e glielo aveva poggiato sulle spalle.

Era stato in quel preciso momento che Carlo aveva sentito l'impulso di accostare la macchina, di scendere, di andare da quelle persone e aiutarle, accoglierle, ascoltarle. Avrebbe desiderato conoscere le loro vite, sapere da dove arrivavano, cosa avevano visto e come vivevano per la strada, sull'asfalto freddo dei marciapiedi. Avrebbe voluto chiedere dove dormivano e cosa mangiavano.

Ma non lo aveva fatto. Non si era fermato e non era sceso dalla macchina. Aveva proseguito fino alla sede del convegno. Aveva ripreso a fare tutto meccanicamente. Era arrivato e, tra strette di mano e sorrisi, era salito sul palco, aveva parlato al pubblico in modo brillante e a fine convegno si era ritrovato a mangiare sushi con un gruppo di colleghi. Poi era tornato in ospedale e aveva passato l'intero pomeriggio tra una visita e l'altra.

Ma quella sera, nella solitudine della sua casa, disteso sul suo divano, aveva ripensato al vecchio mendicante e alla ragazzina scalza. E di nuovo aveva provato l'impulso fortissimo di andarli a cercare, di prendersi cura delle loro vite. In fondo era anche quello il senso del suo lavoro: aiutare le persone, alleviare i loro mali, offrire una mano alla quale aggrapparsi.

E in quell'istante tutto gli era sembrato molto chiaro. Sapeva quello che doveva e voleva fare. Si era addormentato sul divano ancora vestito, la televisione accesa su un canale di sport.

Si era svegliato all'alba, stropicciato e irrigidito, ma lucido come non mai. Si era lavato e vestito in fretta e poi era andato dalla sua amica Gianna, direttrice di una grande casa di accoglienza che ospitava ex detenuti, mendicanti e immigrati di ogni nazionalità, per spiegarle la sua idea.

Gianna, avvolta nella sua immancabile sciarpa di lino colorato, capelli ricci arruffati sopra due occhi piccoli e neri, lo aveva accolto sorridente. Carlo la conosceva dai tempi dell'università e sapeva che aveva sempre avuto un debole per lui.

«Vorrei mettere la mia professione al servizio della tua struttura», le aveva proposto Carlo senza troppi giri di parole, mentre bevevano un cappuccino in un bar. «Tu stessa mi hai raccontato che spesso ti sei trovata a gestire situazioni spiacevoli e complesse, che coinvolgevano i tuoi ospiti e che avevano risvolti psicologici drammatici. Io potrei aiutarti, creando all'interno della casa una sorta di presidio psicoterapeutico gratuito».

Carlo aveva fatto una pausa per sondare la reazione della sua interlocutrice.

«Continua», aveva detto interessata.

«L'idea è di unire all'attività umanitaria e di volontariato che voi già fate, anche un supporto medico per persone con problemi di varia natura. Molti di loro avranno sicuramente vissuto esperienze di violenza, di droga, o semplicemente di rifiuto sociale, e magari vorrebbero parlarne con qualcuno, ma non sanno a chi rivolgersi. D'ora in avanti potranno parlare con me».

Carlo non era riuscito a contenere il suo entusiasmo e più parlava di quell'idea, più gli sembrava perfetta.

«Fammi riflettere un attimo», gli aveva risposto lei in tono rassicurante.

Quella sera stessa Gianna lo aveva chiamato per accettare la sua proposta.

Carlo si era sentito elettrizzato, come quando da bambino suo padre gli dava il permesso di andare a pescare di notte con i suoi fratelli maggiori.

Nel giro di qualche settimana aveva sistemato il suo ufficio all'interno di una piccola stanza al piano terra dell'edificio. Aveva scelto un arredamento semplice e scarno: un vecchio divano, una poltrona e un tavolinetto basso. Nella stanza erano già presenti una libreria in legno e un cassettone sul quale era appoggiato un grosso lume. Carlo aveva fatto ridipingere i muri di un colore chiaro e luminoso.

Fuori dalla porta aveva appeso una piccola targa con il suo nome e gli orari di visita, inizialmente solo il sabato.

Durante le prime settimane non era venuto nessuno. Carlo aveva voluto conoscere gli ospiti della casa a uno a uno, aveva spiegato loro chi era e cosa faceva, invitandoli ad andare a trovarlo se ne avessero avuto voglia. Più volte aveva pranzato con loro a mensa, con alcuni aveva anche giocato a carte o a calcio nel cortile. Tutti lo trattavano con cordialità e curiosità, ma nessuno si era ancora presentato nella sua stanza.

Poi, un sabato mattina, aveva sentito bussare alla porta. Era Samuel, un ragazzo nordafricano di diciannove anni, con un passato di tossicodipendenza e un anno in carcere per furto. Era sbarcato in Italia clandestinamente cinque anni prima.

Era secco come un chiodo, con i capelli rasati, la pelle macchiata dall'acne e le labbra carnose. Era ospite nella casa da meno di un anno e non riusciva a trovare un lavoro. Carlo lo conosceva, ci aveva giocato a pallone qualche giorno prima nel cortile della casa.

Gli aveva confidato di non riuscire a dormire durante la notte. Si svegliava verso le tre del mattino e non si addormentava più, voleva qualcosa che lo aiutasse a riprendere sonno.

Carlo gli aveva spiegato di non essere un medico e di non poter prescrivere medicine, ma se voleva potevano chiacchierare e capire come mai la notte non dormisse. Samuel aveva sorriso e poi aveva scosso la testa: non voleva chiacchierare, voleva solo qualcosa per dormire. Lo aveva salutato ed era uscito. Qualche giorno dopo Carlo era andato a cercarlo e gli aveva messo in mano delle gocce alle erbe. «Ti aiuteranno a dormire», gli aveva detto. Il sabato successivo Samuel era tornato nella stanza. Si era seduto sul divano e si era messo a giocherellare con la boccetta di gocce che gli aveva dato Carlo.

Erano rimasti in silenzio per qualche minuto poi Samuel aveva iniziato a parlare. Gli aveva raccontato la sua storia, di come era arrivato in Italia su una barca di migranti, di disperati in fuga dagli orrori del loro Paese. Gli aveva parlato di sua madre, di come, durante quella sventurata traversata, al settimo mese di gravidanza, si fosse sentita male per colpa di una polmonite mai curata e fosse morta, lì sulla barca. Gli aveva descritto l'angoscioso e inevitabile destino che tocca a chi ha la sventura di morire in quelle circostanze. Gli uomini più grandi e più forti l'avevano presa, l'avevano avvolta in un telo e avevano fatto scivolare il corpo nel mare. Inghiottito per sempre dalle onde nere e spumose nella notte su cui si allungava un fascio di luna.

Samuel era rimasto con lo zio, tossicodipendente e malato di AIDS. Un anno dopo era morto anche lui.

Samuel continuava a confessarsi e a Carlo era bastato poco per scoprire che lo zio abusava del nipote e che in realtà non era morto di malattia, ma di avvelenamento per aver mangiato funghi selvatici. Era stato Samuel a raccoglierli e a portarli allo zio.

«Volevi ucciderlo?», aveva chiesto Carlo mentre Samuel buttato sul divano, con un filo di voce raccontava la sua atroce vendetta.

«Volevo uccidere me stesso, ma mi è mancato il coraggio e allora mi sono liberato di lui», aveva detto il ragazzo dopo un lungo silenzio. Poi aveva alzato i suoi occhi neri e lucidi e lo aveva fissato con sguardo disperato.

«Non lo dirà a nessuno, vero?»

«No Samuel, è il nostro segreto», aveva detto Carlo in tono rassicurante.

Dopo Samuel, erano arrivati altri ospiti a bussare alla sua porta. Con problemi piccoli o grandi, con un passato difficile e tormentato, qualcuno con semplici problemi di cuore, altri con drammi familiari o problemi con la giustizia. Carlo aveva deciso di lasciare il presidio aperto tutto il giorno, e qualche volta anche la domenica mattina.

Poi si era sparsa la voce e qualcuno era arrivato anche da fuori. Entravano nell'edificio e si recavano direttamente nella sua stanza. A volte si creava persino una piccola coda.

Nel giro di sei mesi aveva visto un centinaio di persone. Carlo non si era mai sentito tanto utile e felice come in quel momento.

«Mi piacerebbe venirti a trovare un giorno, vedere la casa di accoglienza e conoscere la gente che aiuti», disse Martina, appoggiandosi allo schienale della sedia.

Avevano finito di cenare e mentre chiacchieravano, rilassati, a Carlo sembrò che tutto fosse esattamente come doveva essere. Pensò e sperò che sua figlia lo avesse perdonato, o che avesse capito che in fondo lui non avrebbe potuto fare molto per colmare quel vuoto di dieci anni.

Aveva comunque intuito che la rabbia di Martina si stava smorzando e ormai il tempo che passavano insieme era sempre più sereno e naturale.

Carlo lo sperava. Lo desiderava più di ogni altra

cosa. Aveva sofferto in quegli anni e ora sentiva il bisogno di essere felice. Di pensare anche alla propria vita, oltre che a quella degli altri. Era solo da tempo. A parte qualche flirt fugace, non si era legato in modo stabile a nessuna donna. Con l'ultima, con la quale aveva provato a convivere, aveva resistito appena sette mesi. Quando lei aveva capito che non poteva funzionare, non aveva aspettato che lui gliene parlasse. Come nei film, aveva fatto le valigie mentre lui era al lavoro, gli aveva scritto una lettera che aveva lasciato sul tavolo della cucina, e se ne era andata. Quando Carlo l'aveva letta, aveva deciso di non telefonarle. Le aveva scritto pure lui una lettera. Una lettera in cui si limitava a ringraziarla per aver compreso e aver anticipato l'epilogo con eleganza. E per avergli fatto scoprire quanto fosse importante la libertà e quanto lui amasse vivere da solo. Ma questo non lo scrisse. Lo pensò e se lo tenne per sé.

Ma ora però sentiva che qualcosa nella sua vita stava cambiando. Non poteva e non voleva barare con se stesso. Doveva ammettere, in contrasto con quanto andava predicando con gli amici, che ora sentiva il bisogno di avere qualcuno accanto. Una donna da amare, ecco di cosa aveva bisogno. Del resto, sapeva perfettamente che ogni pezzetto di felicità avrebbe avuto un valore più profondo se condiviso.

«Potrai venire quando vuoi», rispose alla figlia.

L'acquazzone che si era scatenato mentre cenavano si stava calmando. Carlo si ricordò del regalo che aveva comprato per Martina.

«Aspettami un attimo», le disse.

«Tanti auguri, tesoro mio», esclamò qualche istante dopo, tornando dalla sua stanza e porgendole un pacchetto.

Martina spalancò la bocca, stupita. Lo prese delicatamente e cominciò a spacchettarlo piano. Aveva le guance arrossate. Carlo la guardava cercando di decifrare il suo stato d'animo.

Martina aprì la scatoletta ed estrasse il ciondolo. Lo guardò incantata rigirandoselo tra le dita.

«Che bel regalo, papà», disse poi con voce strozzata. Aveva gli occhi lucidi. Si mise il gioiello al collo, poi si avvicinò a suo padre e lo baciò sulla guancia. Carlo sentì l'emozione salirgli in gola, era commosso, ma cercò di contenersi. Si abbracciarono, per un attimo che scaldò l'animo di Carlo.

Poi Martina ripose il ciondolo nella scatola con cura e s'incantò, gli occhi bassi e pensierosi. Carlo ebbe l'impressione che volesse chiedergli qualcosa.

«È tutto ok, tesoro?».

Martina lo guardò incerta, poi cominciò: «Papà, frequento una persona da un po'. Un ragazzo che mi piace tantissimo», disse timidamente.

Carlo rimase stupito, non si aspettava una simile confidenza da parte di sua figlia. Non avevano mai parlato di certe cose, ma si sentì orgoglioso della fiducia che evidentemente si era guadagnato.

«Sono molto felice per te», le disse Carlo con convinzione.

Martina sorrise sollevata.

«Ti fidi di me, papà? Voglio dire, del mio giudizio, del mio buon senso».

Carlo la guardò interrogativo, non capiva dove la figlia volesse andare a parare.

«Sto pensando di prendere una decisione importante e vorrei poterne parlare liberamente con te e la mamma. E avere il vostro sostegno. Ma ho paura che possiate non capire. Soprattutto la mamma». Martina fece una pausa accompagnata da un lungo sospiro.

Carlo le prese le mani, deciso, e per un momento, specchiandosi negli occhi della figlia, si rivide ventenne, pieno di paure e speranze.

«Martina, io mi fido di te. E qualsiasi scelta farai io sarò al tuo fianco, e anche se dovessi tornare sui tuoi passi, io ti resterò comunque accanto».

Quello doveva fare un buon padre, seguire un figlio nelle sue scelte, sostenerlo senza ostacolarlo. Quello che era mancato a lui, i suoi genitori non si erano mai interessati veramente alle sue scelte.

Martina sembrava rincuorata, gli occhi le brillavano e l'ombra che li aveva velati per qualche istante, sembrava essersi dissipata.

«Grazie papà», gli disse sorridente. Poi guardò l'orologio. «Sarà meglio che vada, è molto tardi, domani ne riparliamo con calma».

Carlo si rese conto che era quasi mezzanotte, la serata era volata.

«Non penserai di andare via con il motorino?», le domandò preoccupato. «Sta ancora piovendo e le strade sono completamente bagnate. Ti do i soldi per il taxi e poi domani ti riporto io lo scooter».

Martina guardò fuori dalla finestra, perplessa.

«Va bene», disse, alzandosi per aiutare il padre a sparecchiare la tavola.

Quando ebbero riordinato la cucina, Carlo chiamò il taxi e accompagnò Martina in strada. L'auto arrivò in un minuto.

Carlo strinse a sé la figlia salutandola con un lungo abbraccio al quale lei, questa volta, non si sottrasse.

Salì sul taxi e lo salutò ancora, mentre la macchina si allontanava e spariva nella notte piovosa.

Carlo rimase come imbambolato prima di scuotersi e tornare dentro. Amava sua figlia più di ogni altra cosa al mondo, pensò. E per un attimo cercò di immaginare il volto del ragazzo che aveva conquistato il suo cuore. Sarebbe stato giusto per lei? Ebbe il terrore che la storia potesse ripetersi, che quello che era accaduto a lui e a sua madre, potesse capitare anche a sua figlia. Forse era stato troppo accondiscendente con lei, avrebbe dovuto approfondire l'argomento, metterla in guardia, consigliarle di stare attenta.

Poi pensò che in fondo Martina aveva sofferto insieme a loro, e non avrebbe mai commesso imprudenze. Era una ragazza sveglia e matura. Doveva fidarsi, voleva fidarsi.

Carlo chiamò l'ascensore, ma poi decise di risalire a piedi. Quando giunse sul pianerottolo del primo piano, si aprì improvvisamente la porta di un appartamento e comparve un'anziana signora in vestaglia. Carlo si fermò stupito.

«Signora Vincenzi, che fa ancora sveglia?»

«Oh Carlo, meno male che è lei. Mi era sembrata la sua voce prima per le scale, ma quando ho aperto la porta era già sceso e non ho voluto chiamarla perché ho sentito che era in compagnia».

«Ero con mia figlia, l'ho accompagnata a prendere il taxi. Che succede signora, le serve qualcosa?».

Carlo conosceva bene la signora Vincenzi. Era una vedova di ottant'anni, che viveva da sola da quando, due anni prima, era morto il marito. Non aveva parenti, non aveva avuto figli. Era sufficientemente autonoma e sembrava più giovane della sua età, anche se negli ultimi tempi era acciaccata per una brutta caduta. Era scivolata per strada, proprio davanti al portone del palazzo, procurandosi qualche escoriazione e una lieve distorsione.

Carlo, che a quel tempo, si era appena trasferito nell'appartamento sopra di lei, l'aveva vista cadere e l'aveva soccorsa, offrendosi di accompagnarla all'ospedale. Da quel giorno, ogni tanto, bussava alla sua porta di casa, si accertava che stesse bene, le buttava la spazzatura e le comprava latte e pane fresco. Si davano del lei, ma si trattavano con affetto. Quando la vedeva, Carlo pensava sempre ai propri genitori. Suo padre era malato ormai da molti anni e sua madre stava giorno e notte al suo fianco per accudirlo. Suo fratello viveva vicino a loro e li aiutava come poteva.

Carlo, invece, tornava raramente in Piemonte. Cercava di passare almeno le feste di Natale con la sua famiglia, ma negli ultimi anni gli impegni di lavoro gli avevano impedito di andare a trovarli. Non aver mai avuto un buon rapporto con suo padre lo aveva allontanato molto pure da sua madre, che era sempre stata condizionata dall'autorità del marito. Sua madre aveva un carattere debole e malleabile e anche nell'educazione dei figli si era sempre rimessa alla volontà del capofamiglia. Carlo ricordava che una volta, quando era bambino, li aveva sentiti litigare in cucina. Si era avvicinato e aveva visto sua madre rannicchiata in un angolo con le mani sul viso e suo padre, con l'aria sconvolta, in piedi davanti a lei che la riempiva d'inaccettabili insulti. Quel giorno le loro litigate erano degenerate e suo padre le aveva dato uno schiaffo. Carlo aveva sentito tutto e si era fiondato in cucina: «Smettila, papà!», aveva gridato deciso.

Suo padre si era girato verso di lui, rosso in faccia, con la mano tremante. «Tu non t'intromettere, sono affari nostri», aveva tuonato.

Sua madre con un filo di voce l'aveva implorato di uscire dalla cucina.

«Non è niente, Carlo. Tuo padre sa quello che fa», gli aveva detto.

Carlo aveva obbedito, rabbonito dall'atteggiamento e dai toni pacati della madre e, seppur poco convinto, li aveva lasciati soli. Ma da quel giorno aveva convissuto con una rabbia incalzante e un disprezzo crescente per suo padre, per quel gesto ignobile di cui si era macchiato. Tuttavia ce l'aveva anche con sua madre che gliel'aveva permesso, inerme, senza reagire, senza un rigurgito d'orgoglio.

Ora la signora Vincenzi, con la sua aria ingenua e buona, lo faceva sentire in colpa. Ora che i suoi genitori erano vecchi e che suo padre era così malato, Carlo era assalito da mille scrupoli. Forse avrebbe semplicemente dovuto prendersi cura di loro.

«Mannaggia Carlo, forse è stato il temporale non so, ma è andata via la luce e quando l'ho riattaccata ho notato che sono saltati tutti i canali della televisione. Alla mia età non prendo sonno facilmente e guardo la televisione fino a tardi. Io poi non ci capisco niente con questi aggeggi moderni...», disse la signora Vincenzi in tono lamentoso.

Carlo sorrise. «Mi faccia vedere che cosa è successo», disse, entrando in casa.

L'appartamento era quasi completamente al buio, se non per una fioca luce nel corridoio e quella proveniente dalla televisione accesa. Il gatto della signora Vincenzi se ne stava mezzo addormentato, raggomitolato su un vecchio divano. Quando Carlo entrò, alzò il muso assonnato e drizzò le orecchie. I suoi occhi si fecero vigili e brillarono nell'oscurità. Seguì i movimenti di Carlo, poi si tirò su, tese le gambe anteriori, si stirò e scese dal divano, allontanandosi ancheggiando.

Carlo prese il telecomando e iniziò a sistemare i canali. Mentre armeggiava con il televisore, cominciò a sentire un caldo insopportabile. Si guardò intorno, mentre la signora Vincenzi lo osservava, e si accorse di una piccola stufa posizionata accanto al divano. Era accesa!

«Signora Vincenzi, perché tiene la stufa accesa? Siamo a giugno e fa un gran caldo. E poi è pericolosa. Se la dimentica accesa può essere un problema, lo sa vero?»

«Lo so, lo so, Carlo. Ma non si preoccupi. Ci sto attenta... non me la dimentico accesa, stia tranquillo», disse l'anziana, alzandosi lentamente dalla poltrona e andando verso la stufa. «L'accendo sempre qualche oretta la sera. Le mie vecchie ossa indolenzite soffrono l'umidità, e il calore mi dà sollievo».

«Ma se usasse un bel plaid di lana non sarebbe meglio?». Carlo la guardò nella penombra e provò una grande tenerezza per quella signora magrolina, con i capelli spettinati, bianchi e setosi come il cotone.

Lei non gli rispose. Si limitò a sorridere di se stessa dondolando la testa.

«Ecco ora la televisione è a posto», disse lui, passandole il telecomando in modo che la signora Vincenzi potesse verificare. E, contenta come una bambina, cominciò a schiacciare i tasti saltando da un canale all'altro soddisfatta.

«Oh grazie Carlo, è stato gentilissimo, come sempre», disse la signora, mentre provava a mettersi di nuovo seduta.

«Aspetti, l'aiuto...», fece Carlo, sostenendola per un braccio e guidandola delicatamente sulla poltrona.

«Ma volevo accompagnarla, Carlo...»

«Stia tranquilla, conosco la strada, buonanotte signora Vincenzi, cerchi di riposare, e non guardi troppa televisione».

«Grazie ancora. E come sta sua figlia?».

La signora Vincenzi aveva sempre una gran voglia di chiacchierare e spesso Carlo, che andava sempre di corsa, era costretto a tagliare corto.

«Sta bene. Vorrei averla a cena con me tutte le sere».

«Io figli non ne ho avuti, il Signore non me li ha mandati, ma quando ogni tanto vengono a trovarmi i miei nipoti, i figli di mio fratello, con i loro bambini, anche io vorrei che la giornata non finisse mai e penso sempre, mio Dio fammi morire ora, ora che la casa è piena di vita e allegria. Sa, una vecchia pensa spesso a queste cose». Fece un sospiro amaro e accarezzò la testa del gatto che intanto aveva ripreso il suo posto sul divano accanto a lei.

Carlo la guardò intenerito. Doveva sentirsi molto sola.

«Non ci pensi, ora. Cerchi di prendere sonno, domani mattina passo a vedere come sta».

La vecchietta lo salutò grata e Carlo uscì. Mentre chiudeva la porta sentì il volume della televisione ancora più alto. Scosse la testa e sorrise avviandosi verso il suo appartamento.

Una volta entrato, restò immobile davanti alla desolante consapevolezza della casa vuota. Quella manciata di minuti passati con la signora Vincenzi lo aveva distratto e gli aveva fatto dimenticare la fine della bella serata con Martina. Ora la sua solitudine tornava a risucchiarlo.

Non aveva sonno e non aveva voglia di guardare la TV. Rimase qualche minuto a contemplare la sua immagine riflessa nella penombra dello specchio all'ingresso.

Pensò di uscire a prendere un po' d'aria. La porta era rimasta aperta, se la richiuse alle spalle e scese quasi di corsa giù per le scale.

Giunse in strada e fu sorpreso dall'aria umida. Respirò a bocca aperta e lo investì l'odore della notte, che sapeva di foglie bagnate. Aveva smesso di piovere. Avrebbe fatto due passi, magari sarebbe arrivato fino al gelataio di Borgo Pio che restava aperto fino a tardi.

Si toccò la tasca dei pantaloni e tastò il portafoglio. Poi cercò il cellulare e realizzò di averlo dimenticato a casa. Per un attimo si bloccò per tornare indietro a prenderlo. Ma poi lo escluse e anzi, interpretò quella dimenticanza come un invito a starsene in pace con la sua solitudine. Del resto chi avrebbe potuto chiamarlo a quell'ora? Infilò le mani in tasca e si avviò, lo sguardo inchiodato a terra, contando i passi come faceva sempre, prima di perdersi dietro ai suoi pensieri.

6. Qualcuno da aiutare

Ora che la giovane donna accanto a lei si era ripresa e aveva ritrovato un colorito rosato, Bianca si sentiva più tranquilla.

Erano sedute nella sagrestia della chiesa, una stanza spoglia e moderna in contrasto con la maestosità barocca della chiesa. La ragazza era quasi svenuta tra le sue braccia, ma fortunatamente era bastato farla sdraiare perché si riprendesse. L'aveva aiutata ad alzarsi ed erano rientrate nell'edificio. Bianca aveva notato che la porta della sagrestia era aperta e la stanza vuota. Aveva fatto sedere Julia su una panca e poi era andata a cercare dell'acqua.

Lì dentro regnava un silenzio surreale. Bianca, guardò Julia, cercando qualcosa da dire.

«Va meglio?», le chiese infine.

Julia annuì arrossendo e offrendole uno sguardo dimesso che esaltò le sue profonde occhiaie scure, mentre con una mano continuava a massaggiarsi delicatamente la pancia.

«Sono incinta...» , balbettò come se volesse farsi perdonare per essere in quella condizione.

Bianca lo aveva capito, ma si finse sorpresa.

«È una cosa bella», disse infine.

Julia la guardò e nei suoi grandi occhi trasparenti Bianca lesse paura e incertezza. Abbassò lo sguardo pensierosa. Di certo non avrebbe lasciato la ragazza lì da sola. Non in quelle condizioni, non a quell'ora della sera. Si sentiva in qualche modo responsabile per lei e assorbita emotivamente da quell'incontro.

Mentre stava per provare a dire qualcosa, squillò di nuovo il cellulare. Bianca si girò di scatto verso la borsa, l'afferrò e comincio a rovistare alla ricerca del telefono.

Era Mario. Che voleva ancora?

«Mario, aspetta un attimo». Bianca bisbigliò nella cornetta. Poi si rivolse a Julia. «Non ti muovere, torno subito».

Prese la borsa, sperando che la ragazza non interpretasse male quel suo gesto e uscì frettolosamente dalla chiesa con il telefono attaccato all'orecchio.

«Mario, eccomi. Che c'è?»

«Volevo accertarmi che stessi bene... ma dove sei? Non sei a casa?».

Mario parlava lentamente e a Bianca sembrò che avesse la voce impastata, come se avesse bevuto qualche bicchiere di troppo.

«No, in effetti sono ancora in giro. Senti, è un po' complicato da spiegare. Ma va tutto bene, non ti preoccupare».

«Ma dove sei esattamente?», domandò Mario insistendo.

«Sono in una chiesa, ma che importa? Senti, Mario, ci sentiamo domani con calma, ok?»

«In una chiesa? A quest'ora?»

«Te l'ho detto, è complicato, poi ti spiego. Ma tu piuttosto, hai finito di cenare? Antonio è con te?», gli chiese cercando di cambiare argomento.

Ci fu silenzio, poi Bianca sentì Mario tossire.

«Mario, ci sei?», chiese Bianca sempre più impaziente, pensando a Julia sola dentro la sagrestia.

«Eccomi. No, Antonio è andato via», disse infine Mario. «Io sto per riprendere la macchina, ma non ho voglia di tornare a casa. È stata una giornata difficile, anzi un'intera settimana di merda».

Ci fu un'altra pausa. Bianca alzò gli occhi al cielo mentre passeggiava agitata davanti alla porta della chiesa.

«Senti, che dici se vengo da te?», riprese Mario. «Ci beviamo una cosa insieme, mettiamo un po' di musica, chiacchieriamo... Ho voglia di stare da solo con te, di sentirti vicina». Le ultime parole le pronunciò sussurrando.

Doveva aver bevuto parecchio vino insieme al suo amico, Bianca ne era certa. Mario, che di solito non chiedeva mai niente a nessuno, la stava praticamente pregando di vedersi.

Pensò all'ultima volta che avevano fatto l'amore. Una, due settimane prima? Erano a casa sua ed erano appena tornati dal cinema. Avevano visto un film romantico. Bianca si era trastullata nel tragitto fino a casa con le immagini leggere e seducenti che il film le aveva lasciato addosso. Aveva chiuso gli occhi e si era immaginata immersa in un'altra vita, una vita in cui il tempo non le fosse sfuggito di mano, e in cui lei potesse uscire finalmente dall'angolo laterale dell'inquadratura per prendersi la scena, diventare il centro dei desideri del suo uomo.

Mentre si toglievano le giacche, aveva pensato che forse non era tutto perduto, che il suo rapporto con Mario poteva ancora funzionare, bastava volerlo.

Spinta dal desiderio, quasi disperato di aggrapparsi ad un'ultima speranza si era avvicinata a lui, che dandole le spalle cercava una birra nel frigorifero. Lo aveva abbracciato massaggiandogli il petto ampio. Poi aveva lasciato scivolare le mani lungo lo stomaco, i fianchi e infine fra le gambe, accarezzandolo nelle parti intime. Mario si era girato, per un attimo sorpreso dallo slancio di Bianca. L'aveva baciata insinuandosi nella sua bocca in modo brusco. Poi le aveva preso le mani e le aveva accompagnate, premendole contro il suo membro. Bianca si era avvicinata di nuovo alle sue labbra, alla ricerca di complicità. Ma lui si era già sbottonato i pantaloni e con gesti rapidi le aveva tirato su il vestito e le aveva abbassato gli slip. Bianca non era riuscita a opporsi. Mario l'aveva spinta contro il tavolo della cucina, l'aveva fatta girare di spalle e l'aveva penetrata, muovendosi dentro di lei con gesti meccanici e decisi. Bianca lo aveva lasciato fare, rinunciando all'idea di provare piacere. E mentre Mario ansimava, lei rassegnata, aveva pensato che non restava che quello del loro rapporto: sesso frettoloso e privo di poesia. Non poteva illudersi ancora.

Mario era venuto rumorosamente e lei aveva provato sollievo. Poi lui si era staccato, le aveva accarezzato lievemente i capelli, si era tirato su i pantaloni ed era andato in bagno. Lei si era sentita infelice e vuota, come un guscio di mollusco abbandonato sulla sabbia.

Bianca scosse la testa scacciando quell'immagine desolante.

«No Mario, è meglio di no. Non stasera», disse con un tono deciso.

«Bianca, ma che cazzo ti succede?», gridò Mario spazientito.

Era il suo tipico modo di fare. Alzava la voce pensando di intimidirla.

Ma Bianca non perse la calma.

«Mario, ho incontrato una persona, sta male e ha bisogno di aiuto. Non posso lasciarla sola e non posso dirti di più adesso, lo vuoi capire? Per favore non insistere, vai a casa e fatti una bella dormita».

Bianca trattenne il fiato. Il silenzio dall'altra parte lasciò intuire lo sbigottimento di Mario.

«Come credi, Bianca», concluse. «Ciao, buonanotte».

Non disse altro e riattaccò. Bianca controllò il display per avere conferma che Mario avesse davvero chiuso la conversazione.

Fece un ampio respiro e senza indugiare corse dentro la chiesa. Arrivò in sagrestia e si chiuse la porta alle spalle, ma Julia non era più seduta sulla panca.

Bianca fu assalita da un'ondata di panico. Si guardò intorno agitata, il cuore cominciò a batterle veloce di fronte al sospetto che la ragazza potesse essere andata via. Poi sentì lo sciacquone del bagno e una porta che si apriva. Julia riapparve pochi secondi dopo e Bianca la accolse con un sorriso. L'angoscia che aveva provato all'idea di non rivederla più l'aveva convinta. Ora si sentiva più lucida e decisa ad aiutare quella ragazza. Si scrollò di dosso ogni forma di resistenza o di premura e le si avvicinò. Le prese le mani, la guardò negli occhi con uno sguardo dolce e senza esitazione le disse: «Julia, come posso aiutarti? Hai un posto dove dormire?».

Julia abbassò gli occhi e si morse il labbro inferiore, senza rispondere.

«Ascoltami, io ti voglio veramente aiutare. Fidati di me», continuò Bianca quasi aggrappandosi alle sue mani.

Erano molto vicine e Bianca poté notare meglio il suo viso pallido, il collo lungo e affusolato. E fu solo in quell'istante che si accorse dei lividi. Non li aveva visti fino a quel momento. La maglia larga le era scesa di lato, su una spalla, lasciando scoperta una parte di schiena. Bianca riconobbe i segni bluastri di diversi ematomi. Alzò gli occhi verso di lei e notò che sopra il labbro superiore, subito sotto la narice destra, c'era un piccolo grumo di sangue raffermo. Bianca rabbrividì.

«Come ti sei fatta questi segni?», le chiese con voce sommessa.

Julia rimase immobile, continuando a non sollevare lo sguardo da terra.

Bianca allungò una mano, le prese il mento e con un dito lo sollevò. Aveva il volto solcato dalle lacrime. Si staccò un attimo da Bianca, si asciugò con la manica della maglietta, poi infilò una mano nella tasca della gonna, tirò fuori un foglietto di carta sporco e spiegazzato.

«Devo trovare lui» , disse Julia porgendoglielo, improvvisamente determinata.

Bianca lo prese e lo lesse. C'era un numero di telefono, un indirizzo e un nome: "Carlo". E tra parentesi c'era scritto: "Casa di accoglienza Alba".

«Perché cerchi quest'uomo?», chiese Bianca, guardando Julia in piedi di fronte a lei che si mordicchiava l'unghia di un dito, quasi tremando.

«Lui conosce mia storia. Lui dice di cercarlo se io con problemi e non so dove andare».

Bianca era tentata di chiederle di più, di indagare e capire, ma si trattenne. Non voleva apparire indiscreta o intimorirla. La conosceva appena, le sembrava così sola e bisognosa d'aiuto, e poi quei lividi sulla schiena l'avevano turbata. Doveva assecondarla, non poteva fare altro.

«Va bene, senti, ti aiuto a cercarlo. Ma usciamo da qui».

Bianca si alzò in piedi e senza aspettare una risposta prese la sua borsa, raccolse le poche cose della ragazza e le fece cenno di seguirla.

Uscirono dalla sagrestia, ma all'improvviso un prete, sbucato fuori chissà da dove, le sorprese.

«Dove andate?», le apostrofò con voce seria e squillante. Bianca lo fissò, era lungo e affusolato, la faccia scavata, gli zigomi in rilievo.

«Cercavamo un bagno», rispose spaventata e sopraffatta dalla vergogna. Poi, prima che il prete potesse replicare, afferrò la mano di Julia e corse verso l'uscita. Temeva che qualcuno, magari quell'uomo, potesse seguirle, quindi sempre con la mano di Julia salda nella sua, percorse velocemente la scalinata e solo quando fu lontana dalla chiesa si convinse a rallentare il passo e a lasciare libera la ragazza.

Ansimando, si guardò intorno come a cercare dei punti di riferimento.

Dovevano trovare un taxi. Fece cenno a Julia di seguirla. Camminarono fino a corso Rinascimento. Bianca procedeva a grandi passi, desiderosa di sottrarsi a occhi indiscreti. Nonostante fosse convinta di quello che stava facendo, avrebbe preferito non essere notata al fianco di una donna vestita in modo povero e dall'andatura incerta. Nella testa si agitava il fantasma di un subdolo perbenismo che la spingeva a chiedersi cosa potesse pensare la gente nel vederle insieme.

Ma dentro cominciava a sentirsi bene. Si sentiva sempre più preda di una strana forma di euforia che le infondeva un'energia e una sicurezza che non conosceva. Le sembrava di essere uscita da se stessa e di essersi infilata nel corpo di una donna diversa, coraggiosa e determinata, pronta a stupirsi e a emozionarsi.

C'era qualcosa di straordinario in tutto quello che le stava accadendo, come se le preoccupazioni e i bisogni nascosti dietro al volto candido della giovane mendicante fossero anche i suoi. E solo lei potesse porvi rimedio. Sentiva che in qualche modo aiutando quella donna avrebbe aiutato se stessa.

Le tese di nuovo la mano e Julia la prese. Attraversarono così la strada e salirono su un taxi che aspettava nella piazzetta.

L'autista le guardò perplesso prima di domandare dove dovessero andare. Bianca diede l'indirizzo scritto nel foglietto che ancora teneva in mano. L'autista lesse, alzò il volume della radio e partì.

C'era ancora molta gente per le strade. Julia continuava a muoversi sul sedile tenendo la schiena dritta e mantenendo lo sguardo fisso davanti a sé. Era a disagio.

Probabilmente non aveva mai preso un taxi prima di allora.

«Chi è l'uomo che cerchi?», le chiese Bianca per distrarla.

«È un dottore», rispose Julia, «un dottore per la testa, come si dice?»

«Forse uno psicologo?», intuì Bianca.

«Sì, quello», disse Julia con un sorriso. «Ho incontrato lui molte volte, lui molto buono con me».

Bianca aspettò qualche secondo e mentre il taxi tagliava sicuro le strade di Roma, le fece la domanda che non poteva più rimandare.

«Dov'è il padre del bambino?».

Julia sorrise. «Ora non so». Fece una pausa, ma riprese subito. «Lui buono, noi innamorati. Ma mio fratello...», si bloccò.

«Tuo fratello cosa?», la incalzò Bianca incoraggiandola ad andare avanti.

«Lui non vuole che io sto con padre del bambino».

Julia abbassò lo sguardo e si toccò di nuovo la pancia.

«È tuo fratello che ti ha fatto quei lividi?».

Julia annuì lentamente. Bianca provò un senso di disgusto e di rabbia.

Avrebbe voluto chiederle molte altre cose, ma la ragazza parlava a fatica. Decise di non insistere e le rivolse un'ultima domanda.

«Julia, da dove vieni?»

«Albania», rispose lei con il sorriso amaro di chi si è rassegnato al proprio destino.

Il taxi attraversò veloce le vie del centro. Passò per piazza Venezia e proseguì verso l'Arco di Costantino.

Bianca guardò fuori dal finestrino e reclinò la testa all'indietro, chiuse gli occhi e sentì i muscoli allentarsi, le palpebre appesantirsi, mentre si lasciava cullare dal dondolio dell'auto. Quando poco dopo il taxi si fermò, Bianca aprì gli occhi di colpo e si accorse di essersi addormentata. Erano da qualche parte nei pressi della circonvallazione Ostiense, all'indirizzo indicato sul foglio di carta.

La via era poco illuminata, c'era silenzio intorno e tutto sembrava addormentato. Bianca guardò l'edificio grigio davanti a sé: doveva essere quella la casa di accoglienza Alba.

«È qui», disse la ragazza guardandola.

Bianca chiese al tassista di aspettarla e andò a controllare se ci fosse qualcuno. Scese dal taxi e si avvicinò correndo al portone. Sul citofono c'era un unico pulsante, lo spinse. Era molto tardi ed era certa che il dottore non potesse trovarsi lì a quell'ora, ma magari qualcuno le avrebbe potuto dare qualche informazione sul suo conto. Nessuno rispose. Bianca stava per tornare indietro verso il taxi, quando la voce di un uomo impastata di sonno rispose. «Chi è?».

Lei, presa alla sprovvista, si appiccicò al microfono:

«Ehm... buonasera, mi scusi per l'ora. Sto cercando il dottor Carlo, è qui?».

Ci fu un attimo di silenzio dall'altra parte, poi la voce riemerse dalle profondità del ricevitore.

«Il dottore non è qui. Lo trova domani pomeriggio».

«Ah ok, grazie mi scusi ancora», disse Bianca giustificandosi, ma dall'altra parte avevano già riattaccato. Chiunque avesse risposto aveva premura di tornare a letto.

Bianca tornò verso il taxi, rientrò in macchina e guardò Julia.

«Lui non c'è ora, ti porto da me, domani ti riaccompagnerò qui per cercarlo».

Julia annuì e Bianca diede all'autista l'indirizzo di casa sua.

Mentre ripartivano Bianca guardò il foglio con il nome del dottore e il suo numero di cellulare, che teneva ancora in mano. Poi guardò fuori dal finestrino. Di notte la città, bagnata, aveva un fascino particolare, tra ombre e luci sfumate, sembrava il set di un film in bianco e nero.

Non riusciva a non pensare al dottore e decise di provare a chiamare quel numero. Era venerdì sera, magari era ancora in giro e non lo avrebbe disturbato. E solo da lui Bianca avrebbe potuto avere informazioni più precise e certe sulla vita di Julia.

«Lo chiamo», disse decisa.

Compose il numero e un'insolita forma di ansia l'assalì.

Lasciò squillare il telefono a lungo, ma non rispose nessuno se non la voce registrata della segreteria telefonica. Bianca riattaccò delusa e rimise il telefonino nella borsa.

Guardò Julia e per un attimo si chiese se non stesse commettendo un errore. Stava portando una sconosciuta, incinta, che aveva subito violenze da un familiare, a casa sua. E poi, cosa avrebbero fatto? Avrebbero aspettato che il dottore chiamasse? Ma chi era quest'uomo? E perché aiutava persone come Julia? Si doveva fidare? Pensò che forse avrebbe dovuto portare la ragazza dai carabinieri. Ma probabilmente Julia era una clandestina, senza il permesso di soggiorno. L'avrebbe messa nei guai, non poteva correre il rischio. Tanto più nelle sue condizioni. No, non c'era alternativa. Aveva preso una decisione e ora doveva portarla fino in fondo.

Arrivati sotto casa, Bianca pagò il tassista e fece entrare Julia nell'androne del palazzo. L'ascensore non dava segni di vita. Riprovò spingendo con più forza. Niente.

Bianca sbuffò, era di nuovo fuori servizio. Il suo appartamento era all'ultimo di cinque piani. Julia capì e si diresse verso le scale.

«Mi spiace», disse Bianca.

Salirono piano, senza parlare. Il palazzo era sprofondato nel silenzio della notte, spezzato solo da un lontano suono confuso di voci sovrapposte, intervallate da una leggera melodia. Qualcuno probabilmente stava guardando la televisione a volume troppo alto.

Arrivarono davanti alla porta dell'appartamento. Entrambe avevano il fiatone. Bianca cercò le chiavi di casa nella borsa. Aprì la porta e lasciò entrare Julia. Accese la luce e la prima cosa che vide fu il vaso con i tulipani freschi. I fiori erano arrivati qualche giorno prima, glieli aveva mandati sua sorella. Lo faceva spesso, era il suo modo per manifestarle affetto anche a distanza. Chissà cosa avrebbe detto Chiara nel vederla rientrare a casa a quell'ora con una sconosciuta. Era un comportamento molto inusuale per lei.

Bianca provò l'impulso di telefonare a sua sorella per raccontarle quello che le era accaduto, aveva bisogno di confidarsi, ricevere supporto morale, essere ascoltata senza pregiudizi. Ma pensò anche che probabilmente sua sorella si sarebbe preoccupata e che poteva aspettare l'indomani mattina per chiamarla e dirle tutto.

Invitò Julia a sedersi sul divano, mentre lei accendeva le altre luci e si toglieva le scarpe. Aveva i piedi indolenziti. Andò in camera da letto e infilò le pantofole, poi tornò in salotto. Il suo appartamento non era molto grande, ma le ampie vetrate lasciavano intravedere un bel terrazzo fiorito. Bianca amava i fiori e le piante, ed era brava a prendersene cura. Nei weekend tirava fuori i suoi attrezzi da giardinaggio e passava in rassegna ogni foglia e fiore del suo terrazzo, potando rami secchi, aggiungendo concime, togliendo erbacce e sistemando tralicci. Passava ore assorta nel suo piccolo angolo di verde. Aveva anche un vaso di rose striate. Erano piccole, ma dal colore intenso e dal profumo delicato. Bianca le curava con particolare attenzione. Il loro profumo le ricordava la stanza dove dormiva da bambina con sua sorella. La camera dava su un balcone nel quale c'era un grande vaso di rose che crescevano alte e piene di spine. Bianca apriva spesso la finestra per inebriarsi del loro profumo. Le guardava sbocciare, liberarsi dello stretto involucro di petali e aprirsi al mondo con maestosa semplicità. Sembravano così vive e fragili nella loro bellezza fugace, ma allo stesso tempo imperturbabili e capaci di ferire. Per questo le aveva piantate nel suo terrazzo. Per attingere a quella forza nascosta, ogni volta che ne sentiva il bisogno.

Passò davanti alla vetrata e si diresse verso la cucina. Solo allora si rese conto di avere fame. Non aveva cenato e immaginò che anche Julia potesse essere affamata. Prese del pane in cassetta e preparò due toast con prosciutto e formaggio, prima di tornare in salone.

Julia si era rannicchiata sul divano, gli occhi chiusi. Sembrava una bambina e Bianca si chiese quanti anni avesse. Si mise a sedere vicino a lei spostando un cuscino. Julia aprì gli occhi e Bianca le indicò il toast. Lo mangiarono entrambe con avidità.

«Tu hai marito?», le chiese Julia all'improvviso, dopo aver buttato giù l'ultimo boccone.

«No», rispose Bianca senza aggiungere altro.

«E figli?», chiese ancora la ragazza.

«Nemmeno», disse Bianca scuotendo il capo. «Non sarei una brava mamma, riesco a malapena a badare a me stessa», concluse, alzando le spalle. Ma non lo pensava veramente. Le sarebbe piaciuto invece avere un figlio.

Involontariamente posò per un istante gli occhi sul grembo vivo di Julia, che dopo aver mangiato sembrava aver riacquistato un po' di colore e di energie. Aveva le guance leggermente accaldate e gli occhi vispi.

«Grazie per cibo e per tutto quello che fai per me», disse all'improvviso.

Bianca non sapeva cosa rispondere. Le sembrava così poco quello che stava facendo. Stava per dirglielo, ma in quel momento le squillò il cellulare.

Bianca lo prese e riconobbe il numero che aveva composto una mezz'ora prima.

Era lui, il dottore. Guardò Julia mentre il telefono continuava a suonare. Poi, con uno slancio improvviso, rispose.

«Pronto», disse, non riuscendo a tradire l'emozione nella voce.

«Sì, salve... ho ricevuto una telefonata da questo numero...». La voce dell'uomo era calda e baritonale.

«Ehm, sì, ero io... lei dovrebbe essere Carlo, giusto?»

«Sì esatto, sono io... almeno credo...», fece lui.

Bianca non colse la battuta, concentrata com'era a cercare le parole giuste.

«Buonasera, noi non ci conosciamo. Prima di tutto mi scusi per l'ora, ma è un'emergenza, ecco... vede...».

Bianca quasi balbettava, non sapeva da dove cominciare. Si fermò un attimo e fece un respiro profondo.

«Mi chiamo Bianca», disse, alzandosi in piedi e cominciando a gironzolare per la stanza.

Poi scelse le parole, semplici e puntuali. «Sono in compagnia di una donna che lei dovrebbe conoscere e che ha bisogno del suo aiuto. Si chiama Julia, è albanese. Ha avuto un malore, l'ho soccorsa e sono rimasta con lei. Non aveva un posto dove andare e così l'ho portata a casa mia». Bianca fece una pausa.

Immaginò l'espressione perplessa del suo interlocutore mentre raccontava una storia che sembrava insensata perfino a lei. Ma con suo grande stupore, invece, la reazione all'altro capo del telefono fu subito di preoccupato e partecipato interesse.

«Julia?... Certo che la conosco, che tipo di malore ha avuto? Sta bene ora? Dove l'ha incontrata?». L'uomo adesso sembrava ansioso di ricevere informazioni.

Bianca lo tranquillizzò e gli spiegò tutto dal principio.

«Dove vi trovate esattamente ora?», chiese infine il dottore.

«A casa mia, come le dicevo... in via delle Fornaci...», gli disse per rassicurarlo ulteriormente.

«In via... scusi?», chiese ancora, come se non avesse capito bene.

«Via delle Fornaci», ribadì Bianca scandendo bene.

Ci fu un attimo di silenzio, poi l'uomo riprese: «Ma è incredibile... anche io abito lì. A quale civico?»

«Numero tredici», rispose secca.

L'uomo dall'altra parte fece una risatina nervosa.

«Tredici? Pensi, io sto al numero otto! Dovrebbe essere il palazzo quasi di fronte al suo!».

Era proprio il palazzo di fronte, Bianca lo sapeva bene, era lo stesso dove abitava Corinne. Sentì il bisogno di sedersi e si accasciò sulla poltrona accanto al divano sul quale Julia era rimasta per tutto il tempo e da dove la guardava con apprensione.

«È davvero incredibile», bisbigliò Bianca, come se lo dicesse a se stessa.

«Che coincidenza pazzesca!», disse l'uomo.

«Ma a questo punto che vogliamo fare? È inutile continuare a stare al telefono. Perché non venite da me? Julia è in grado di camminare? Così magari posso parlare direttamente con lei, e capire che cosa le è successo. Che ne pensa?». Erano troppe domande tutte insieme. Bianca si massaggiò le tempie, si sentiva confusa. «Pronto? È ancora lì?»

«Uhm… va bene… sì, Julia può camminare… ci dia solo qualche minuto e arriviamo da lei».

«Bene, allora vi aspetto, interno cinque, terzo piano».

Riattaccarono. Bianca restò imbambolata a fissare il vuoto per qualche secondo.

«Tutto bene?», le chiese Julia preoccupata. «Lui forse è qui?», chiese, cercando di ricostruire quel che aveva capito dalla conversazione telefonica.

«Sì, abita proprio qui vicino», rispose Bianca ancora incredula. «Julia, vado un secondo in bagno, ok?», disse alzandosi.

La ragazza la seguì con lo sguardo.

Bianca entrò in bagno e chiuse la porta a chiave. Si lavò le mani e si passò dell'acqua dietro la nuca. Poi si guardò nello specchio.

Le sembrava tutto assurdo. Roma era una città così grande. Le probabilità che la persona che stava cercando vivesse nella sua stessa via erano talmente minime che attribuire quanto accaduto a una mera coincidenza le sembrava riduttivo.

Aprì l'armadietto accanto allo specchio e tirò fuori il fondotinta. Mentre lo passava frettolosamente sul viso ripensò alla voce dell'uomo, così profonda.

Prese il pennello e si spolverò il fard sulle guance con gesti rapidi ma precisi. Si guardò ancora una volta. Andava decisamente meglio.

E se tutto quello che le stava capitando non fosse stata pura casualità? Quella domanda la faceva sentire come la protagonista di un film scritto da un abile creatore di intrecci.

Scosse la testa bruscamente. Lei non era il tipo di persona che si lasciava influenzare da ragionamenti fatalistici. Non credeva nel destino, credeva di più nelle persone, nella loro volontà e nella libertà individuale. Almeno fino a quella sera.

Uscì dal bagno e andò in camera sua. Si sedette sul letto e s'infilò le scarpe. Rialzò il viso e incrociò lo sguardo di sua madre nella fotografia sul comodino. Ancora, i suoi occhi la interrogavano.

Chissà dov'era. Bianca se lo chiedeva spesso. Le sarebbe piaciuto credere alla favola del Paradiso. Ma non ci riusciva.

Certe notti le capitava di sognarla. Era vestita sempre nello stesso modo, con un abito blu bordato di bianco, fresco e leggero. A volte le parlava o le prendeva la mano, e sembrava così vera, così vicina. Bianca si svegliava rinfrancata da quei sogni.

Si convinse che c'era un solo modo per mettere ordine nel complicato intreccio di avvenimenti che la tenevano ancora sveglia quel venerdì notte: portare Julia da quell'uomo.

Si alzò di scatto, spense la luce della camera da letto e restò per qualche secondo immobile, rintanata nel buio della stanza, prima di decidersi finalmente a uscire.

7. Un futuro migliore

Julia aspettò che Bianca tornasse dal bagno, raggomitolata sul divano di quell'elegante appartamento che odorava di ricchezza e benessere. Era stata fortunata a incontrare quella donna gentile e riservata che l'aveva accolta senza troppe domande e la stava aiutando.

Ancora una volta nella sua vita, Julia era sola, costretta a scappare e a nascondersi. Suo fratello aveva minacciato di ucciderla e questa volta lo avrebbe fatto, ne era sicura. Doveva stare alla larga da lui, non farsi trovare per un po', soprattutto ora che c'era quel figlio che le cresceva dentro. Doveva proteggerlo.

La dottoressa al consultorio le aveva detto che era incinta di otto settimane, il feto era grosso meno di un'unghia, millimetri di vita si agitavano dentro di lei nel segreto più profondo. Julia aveva deciso di non dirlo a nessuno, neanche a Daniel. Non ancora almeno, non voleva metterlo nei guai.

Eppure lo aveva rivelato a quella donna, si era fidata di lei e sperava con tutto il cuore di non doversene pentire. Finora la vita le era stata ostile, riservandole dolori e delusioni. Ma quel bambino, che l'avrebbe riscattata, rappresentava la speranza di un futuro migliore. Per questo era entrata in chiesa e aveva pregato la Madonna, affinché lo proteggesse donandogli salute e forza.

Julia si toccò il labbro lievemente gonfio, faceva male. Così come sentiva dolore in tutta la parte destra del corpo. Non era la prima volta che Florian la picchiava. Ma doveva essere l'ultima, non l'avrebbe più toccata, lo giurò a se stessa. La droga aveva reso suo fratello aggressivo e violento. Non era stato sempre così.

Erano arrivati in Italia insieme, quando Julia aveva poco più di diciassette anni. Era approdata nella penisola sperando di ritrovare sua madre, che li aveva lasciati per cercare lavoro quando Julia era una bambina.

Conservava di lei solo una fotografia, ormai sbiadita e spiegazzata. La ritraeva con Julia molto piccola in braccio, davanti alla porta della loro casa. Sua madre, a cui lei somigliava molto, sorrideva e la stringeva contro la sua guancia con amore. Eppure quel sentimento non era bastato a trattenerla, se n'era andata, lasciandoli soli e dopo un po' aveva smesso di dare notizie di sé. Tuttavia, Julia non riusciva a odiarla. Custodiva gelosamente la fotografia, che baciava e bagnava di lacrime quando il dolore e il senso di solitudine prendevano il sopravvento.

Il padre di Julia se n'era andato prima che lei nascesse e quando anche sua madre li aveva lasciati, lei e suo fratello erano rimasti con la nonna materna e la sorellastra della madre. La nonna era molto malata e la zia non sopportava la presenza dei due bambini, li maltrattava e parlava male della madre, insinuando che li avesse lasciati per sempre e che sicuramente si era fatta un'altra famiglia in Italia.

Julia era cresciuta con il senso di abbandono cucito addosso, come un cappotto pesante. Con il tempo si era abituata all'idea di non avere genitori. I suoi punti di riferimento erano il fratello e la nonna alla quale voleva molto bene, ma che era troppo debole e malata per occuparsi dei nipoti. Quando era morta, Julia aveva quattordici anni. Era stato un dolore terribile che Julia aveva cercato di nascondere in fondo al suo cuore giovane, ma già carico di sofferenza.

Suo fratello, più grande di lei di quattro anni, era cresciuto circondato da miseria e violenza. Si guadagnava da vivere grazie al traffico di droga che dall'Asia arrivava in Europa attraverso i Balcani. Era un contrabbandiere, girava armato e dormiva con un pugnale sotto al cuscino.

Lei era molto preoccupata della piega che stava prendendo la sua vita. Lo vedeva trasformarsi giorno dopo giorno in un uomo spietato e senza scrupoli, un freddo criminale dai modi aggressivi e rabbiosi. Aveva provato più volte a convincerlo a cercare un lavoro più onesto, magari lontano dall'Albania e da quella vita misera e infelice. Ma lui non le aveva mai dato ascolto, la faceva parlare e poi, spazientito, urlava e se ne andava sbattendo la porta.

Julia viveva grazie ai soldi che provenivano dal traffico di droga del fratello, un guadagno pericoloso, ma rapido per una ragazza sola e senza lavoro. Nonostante tutto, si sentiva in debito nei suoi confronti. Perciò cercava di rendersi utile pulendo la casa, preparando i pasti e lavando i suoi vestiti.

La sua riconoscenza si era trasformata, nel tempo, in una totale sottomissione al volere di Florian, che era diventato sempre più arrogante e prepotente nei suoi riguardi. Ma Julia non ci badava, aveva un carattere mite e finiva sempre per perdonarlo. In fondo non le restava che lui.

Poi un giorno, di punto in bianco, Florian le aveva detto che per guadagnare di più sarebbe partito per l'Italia. Si stavano formando delle nuove bande di contrabbandieri, intenzionati a espandere il mercato della droga nelle grandi città d'Europa. Era un'opportunità che lui non poteva lasciarsi scappare.

Julia, angosciata all'idea di rimanere completamente sola in Albania, e rassegnata alle aspirazioni criminali del fratello, lo aveva pregato di portarla con sé e alla fine, a furia di suppliche e lamenti, lo aveva convinto.

Erano partiti in una notte cupa e senza luce, stipati in un camion con altre cinque persone, tutti clandestini. Il camion trasportava cibo in scatola per cani e gatti, e Julia ricordava ancora la puzza insopportabile che infestava l'abitacolo.

Era terrorizzata all'idea che venissero scoperti dalla polizia e si teneva stretta al fratello, mentre cercava di evitare lo sguardo laido di uno degli uomini con cui condivideva lo spazio sul camion. L'uomo puzzava di tabacco e di sbronza. Aveva la pelle flaccida, i capelli lunghi e pieni di gelatina.

Dopo ore di viaggio ininterrotto, avevano fatto una sosta in una stazione di servizio deserta. Non era ancora l'alba, Julia era scesa e si era diretta verso la toilette, mentre il fratello era rimasto vicino al furgone a fumare una sigaretta.

Quando era uscita dal bagno, si era trovata davanti l'uomo con la gelatina nei capelli che l'aveva spinta di nuovo dentro con violenza tentando di baciarla e di palparle il seno. Lei aveva urlato in preda al panico, gli aveva morso un braccio e aveva cercato di scappare. Ma lui era stato più svelto. L'aveva afferrata per i capelli e l'aveva sbattuta contro il muro, tenendola ferma con il peso del proprio corpo, una mano intorno al collo di Julia e l'altra che slacciava i pantaloni.

Julia si era dimenata, cercando invano di liberarsi. La mano dell'uomo stretta sul suo collo le impediva di respirare.

Poi aveva sentito uno strattone, come se l'uomo le fosse inciampato addosso. Emettendo un urlo soffocato, aveva allentato la presa sul suo collo ed era scivolato per terra. Julia, pallida in volto e con il respiro affannato, aveva visto il fratello in piedi davanti a lei, con un pugnale sporco di sangue tra le mani. Non aveva avuto il tempo di capire cosa fosse successo. Con freddezza il fratello aveva pulito prima il coltello e poi si era sciacquato le mani. L'aveva presa per un braccio e l'aveva accompagnata fuori, dirigendosi velocemente verso il camion.

Erano ripartiti qualche minuto dopo, lasciando l'uomo morto sul pavimento del bagno in una pozza di sangue.

Julia era rimasta rannicchiata in silenzio per il resto

del viaggio, tremante e impaurita, accanto al fratello che le appariva di colpo come un completo sconosciuto.

Erano arrivati in Italia dopo circa dodici ore di viaggio. Si erano fermati a dormire in un paesino vicino al confine e il giorno dopo, Julia e il fratello avevano proseguito da soli facendo l'autostop, ed erano arrivati infine a Bologna. Erano rimasti lì per due settimane e poi si erano diretti verso la destinazione finale: Roma.

Le cose però non erano state subito facili. Le mafie locali si facevano la guerra per spartirsi il territorio e il fratello di Julia aveva avuto molte difficoltà a trovare spazio nel mercato della droga.

Ma a Florian non mancavano abilità e spregiudicatezza, così in poco tempo era riuscito a guadagnarsi la fiducia dei capibanda e gli affari erano finalmente decollati.

Intanto anche Julia si era data da fare per trovare un lavoro, per pochi soldi puliva le scale e l'androne di una palazzina alla periferia della città. Vivevano entrambi in un seminterrato, buio e umido, con altri tre albanesi. Julia dormiva con il fratello e finché c'era lui nessuno osava darle fastidio.

Ogni tanto, la sera, tirava fuori la fotografia della madre e immaginava di incrociarla per strada, sull'autobus o dentro a un bar. Era una speranza che nutriva in segreto e che la aiutava ad andare avanti. Anche se in fondo al cuore sapeva che la madre era ormai lontana dall'Italia.

Ogni tanto, la domenica, suo fratello la portava a Ostia. Passavano alcune ore sulla spiaggia a sonnecchiare, sfiorati dal vento e dal sole. Florian le accarezzava i capelli, e le faceva i grattini sulle braccia. Sembravano due innamorati più che fratello e sorella. Ma in quei momenti con lui, Julia si sentiva quasi felice.

Le cose erano cambiate quado Florian aveva iniziato a fare uso della droga che spacciava. Sempre più spesso, si faceva di eroina e a volte restava fuori tutta la notte. Quando rientrava a casa era sballato e privo di forze. Si accasciava sul letto e ci restava per ore. Era diventato suscettibile e aggressivo, e non si fidava più di nessuno. Per lui erano tutti nemici che avevano come unico scopo quello di portarsi a letto la sorella. La sua stava diventando una vera e propria ossessione. In casa litigava con gli altri inquilini che osavano rivolgerle la parola o fare qualche battuta sconcia. Poi, non soddisfatto, sfogava la sua rabbia su Julia. La picchiava senza un vero motivo, le diceva che era "una puttana senza pudore, una sgualdrina che provava piacere a essere guardata dagli uomini". Spesso poi si pentiva dei suoi gesti, invocava il perdono della sorella e piangeva rannicchiato tra le sue braccia.

La droga lo stava consumando. Julia se ne rendeva conto e per questo accettava in silenzio i suoi gesti violenti, cercando di non contraddirlo, come una madre paziente.

Poi un giorno, all'improvviso, il fratello era sparito. Non era rientrato a casa per tre giorni di fila e Julia aveva iniziato a preoccuparsi. I tre albanesi che vivevano con lei non sapevano niente e lei aveva pensato al peggio.

La sera del quarto giorno avevano bussato alla porta. Si era presentato un ragazzo basso e tarchiato, dal volto impassibile, che aveva dato a Julia una busta bianca. Era una lettera del fratello che le scriveva di aver dovuto lasciare la città, che era nei guai e che sarebbe rimasto via per mesi. Non diceva dove fosse e non specificava che tipo di problemi avesse avuto, ma intimava a Julia di lasciare l'appartamento e anche il lavoro. Nemmeno lei era più al sicuro. Da quel momento la vita di Julia era sprofondata nella disperazione. Si era ritrovata sola e spaventata, aveva lasciato il lavoro e l'appartamento dove viveva, come le aveva ordinato il fratello e aveva iniziato a vagare per la città.

Dopo giorni passati lungo i marciapiedi, era stata fermata da alcune bande di zingari che l'avevano notata. Lei, sempre più sola e intimorita, aveva accettato di seguirli al campo rom dove abitavano e lì, tra polvere e degrado, aveva tirato avanti. Passava le sue giornate chiedendo soldi ai semafori o davanti alle chiese, e aveva anche iniziato a camminare scalza, come le avevano ordinato di fare al campo, in modo da impietosire le persone e ottenere elemosine più generose. A fine giornata i suoi piedi erano pieni di tagli infetti e neri come il carbone.

La sera tornava al campo esausta e zoppicante, consegnava il guadagno della giornata al capobanda, che ne lasciava a lei solo una piccola parte. Ma a Julia andava bene così, perché almeno aveva un posto dove dormire e si sentiva protetta.

Ogni tanto la sera, al campo rom, venivano organizzate delle feste. Si accendevano fuochi in strada e si intonavano canzoni popolari. Era stato durante una di quelle serate che Julia aveva conosciuto Daniel, un ragazzo romeno, alto e slanciato, dallo sguardo buono e dai modi gentili.

Anche Daniel era arrivato in Italia da solo, come clandestino, ma era un ragazzo sveglio e intelligente. Nel suo Paese aveva imparato a fare il muratore, ma era bravo anche come idraulico ed elettricista. Appena arrivato a Roma si era dato da fare per trovare un lavoro e in poco tempo ci era riuscito. Aveva ottenuto il permesso di soggiorno e si sentiva fiero e orgoglioso della sua nuova vita. Viveva in Italia da quasi dieci anni e ogni mese mandava soldi e vestiti ai genitori disabili, rimasti in Romania. Quando poteva, aiutava ragazzi immigrati a trovare un impiego, insegnava loro l'italiano e a volte anche un mestiere. Al campo rom andava spesso a trovare alcuni amici. Julia lo aveva notato subito. Era diverso dagli altri. Camminava dritto, con la fronte ampia e lo sguardo di chi non ha paura e sa sempre quale direzione prendere. Le ispirava fiducia ed equilibrio.

Anche lui aveva notato la giovane donna dalla bellezza disarmante, quella figura delicata e triste, rinchiusa nella sua solitudine.

Una sera Daniel si era avvicinato e si era presentato porgendole la mano e un sorriso sincero. Lei, solitamente schiva e diffidente, aveva accolto il suo gesto con fiducia, ricambiando il sorriso. Era stato un colpo di fulmine. Da quella sera i due avevano iniziato a frequentarsi e a vedersi spesso. Daniel voleva aiutarla a trovare un lavoro, desiderava portarla via dal campo di zingari il prima possibile. Julia, che non era mai stata trattata con tanta gentilezza in vita sua, si sentiva protetta e felice accanto a lui. Cominciarono a condividere sogni e speranze, a scambiarsi promesse dopo aver fatto l'amore.

All'epoca Julia era convinta che, con il fratello lontano, nulla avrebbe potuto impedire al loro amore di sbocciare. Ma le cose, purtroppo, erano andate diversamente.

Chissà come si sentiva Daniel in quel momento, pensò Julia rannicchiandosi ancora di più sul divano.

Era sparita all'improvviso, senza lasciare un messaggio. E neanche al dottore aveva detto niente. Daniel era sicuramente in pensiero per lei, forse la stava cercando.

Julia aveva paura, Florian aveva minacciato di uccidere entrambi, se si fossero visti ancora.

Era tornato all'improvviso, un giorno, mentre Julia stava chiedendo l'elemosina a un semaforo. All'inizio aveva faticato a riconoscerlo, era scheletrico, incurvato e aveva la barba lunghissima. Ma superato il primo momento di stupore, Julia lo aveva abbracciato di slancio e aveva pianto. Era felice di vederlo ancora vivo. Lo aveva stretto forte a sé e aveva sentito il suo corpo magro e debole abbandonarsi tra le sue braccia. In quel momento si era sentita molto più grande di lui. Aveva capito dai lividi su braccia e gambe che ancora si drogava e pensò che dovesse avere bisogno d'aiuto.

Lo aveva portato al campo di zingari e dopo poco gli aveva fatto conoscere Daniel, presentandolo come un amico. Ma Florian aveva capito subito che fra loro c'era qualcosa di più di una semplice amicizia. Accecato dalla rabbia e dalla gelosia gli era saltato addosso, ma debole e consumato com'era, si era ritrovato a terra inerme e dolorante.

Julia, che conosceva la violenza di cui era capace il

fratello, aveva pregato Daniel di non farsi vedere più al campo, almeno finché il fratello non avesse accettato che stavano insieme. Ma Daniel si era rifiutato, era tornato più volte e più volte Florian aveva tentato di aggredirlo.

Era stato per quel motivo che Julia aveva deciso di scappare, di allontanarsi dal campo senza dire niente a nessuno. Lo aveva fatto per amore di Daniel, e ormai anche del loro bambino.

Ma ora si sentiva sola e stanca, desiderava solo riabbracciarlo. Pensò al dottore, lui l'avrebbe sicuramente aiutata. Carlo e Daniel erano molto amici, di lui Julia si poteva fidare.

Si mise seduta sul divano, ascoltò i rumori provenire dal bagno. Perché quella ragazza, Bianca, impiegava così tanto a tornare in salone? Julia aveva fretta di raggiungere il dottore, di ricevere finalmente notizie di Daniel.

8. Numero sconosciuto

Mentre passeggiava cercando di non pensare a niente, gli era venuta voglia di gelato. Carlo aveva allungato il passo fino alla gelateria dove aveva ordinato un cono cioccolato e pistacchio, i suoi gusti preferiti. Il sapore fresco e dolce aveva alleviato la malinconia che certe volte lo assaliva quando pensava alla sua solitudine.

Si era incamminato verso casa con calma. L'aria era ancora carica di pioggia e sopra la sua testa le nuvole pesanti appiattivano il cielo.

Era giunto in via della Conciliazione e aveva puntato dritto verso piazza San Pietro dove si profilava maestoso il cupolone. Come faceva spesso, si era fermato all'imbocco della piazza e si era guardato attorno trattenendo il fiato, incantato di fronte alla perfezione delle geometrie, alla solennità delle colonne, alla sontuosità della basilica.

Carlo aveva contemplato in silenzio la magia di quel posto, felice di esserci, di farne parte in quel momento.

Voltando lo sguardo, si era accorto di due ragazzi che camminavano mano nella mano. Si erano fermati anche loro ad ammirare la basilica, a pochi passi da lui.

Erano giovani, forse neanche trentenni, piccoli di statura. Lei aveva i capelli scuri, ricci, raccolti in una coda. Lui era biondissimo, con la faccia da bambino e due occhiali tondi sul naso.

A un tratto il ragazzo aveva scosso il braccio di lei, che si era voltata a guardarlo. Lui aveva fatto un cenno con il capo verso la chiesa e lei aveva sorriso annuendo. C'era una complicità incredibile nei loro sguardi silenziosi. La ragazza aveva sfilato la mano da quella del suo compagno e aveva iniziato a gesticolare in maniera quasi convulsa con le dita. E lui aveva risposto con lo stesso linguaggio. Da lontano sembravano due mimi, ma Carlo aveva capito subito. Erano sordomuti. Comunicavano senza parole, ma con l'intensità dei loro occhi e dei loro corpi. Sembravano due attori, incorniciati in una scenografia suggestiva. Poi, i due si erano stretti in un abbraccio appassionato, infine si erano baciati con grande intensità e trasporto.

Quando il bacio era finito, lui le aveva cinto le spalle e insieme avevano ripreso la loro silenziosa passeggiata.

Carlo li aveva ammirati mentre si allontanavano e poi, carico di emozioni, aveva ripreso la via di casa.

Quando era rientrato nel suo appartamento, sul suo telefono c'erano un messaggio e una chiamata persa.

Aveva letto il messaggio: era di Martina, che lo rassicurava di essere arrivata a casa e lo ringraziava ancora per la squisita cena, il meraviglioso regalo e gli augurava la buonanotte.

Poi aveva controllato, non senza una certa curiosità, la chiamata persa. Era da un numero che non conosceva, e risaliva a una ventina di minuti prima. Si era domandato chi avesse potuto chiamarlo a quell'ora e per quale motivo. Aveva pensato a un paziente, oppure a qualcuno che aveva bisogno di aiuto.

Aveva messo da parte il telefono e si era abbandonato in modo scomposto sul divano. Aveva cercato di rilassarsi, allentando la tensione dei muscoli. Finalmente si era sentito stanco. Con le mani intrecciate dietro alla nuca, aveva chiuso gli occhi e si era lasciato avvolgere dalla penombra e dal silenzio.

Gli erano improvvisamente balenati davanti i volti dei due sordomuti, i loro sguardi felici, i loro gesti appassionati e vivi.

Quando aveva riaperto gli occhi, indeciso se alzarsi e andare a letto o se semplicemente richiuderli senza muoversi dal divano, come d'altronde gli capitava spesso, un pensiero gli aveva impedito di addormentarsi lì per lì. Aveva guardato di nuovo il cellulare e il numero sconosciuto ancora impresso sul display. Non era riuscito a far finta di niente e aveva fatto partire la chiamata. Mentre aspettava che qualcuno rispondesse, si era perfino preoccupato per quella leggera forma di ansia che gli stava montando dentro. Tanto che a un certo punto aveva deciso di riattaccare. Ma all'ultimo squillo aveva risposto una voce femminile. Aveva sentito una donna bofonchiare imbarazzata poche parole, prima di riuscire a spiegare bene chi fosse e per quale motivo lo avesse chiamato.

La donna gli aveva parlato di Julia, gli aveva raccontato di averla incontrata in una chiesa, che la ragazza era svenuta, lei l'aveva aiutata e che infine la ragazza aveva fatto il suo nome.

Lui aveva ascoltato con attenzione ogni parola pronunciata da quella donna con voce che si faceva sempre più sicura.

Aveva fatto bene a seguire l'istinto e richiamare quel numero. Aveva finalmente ritrovato Julia, Daniel sarebbe impazzito dalla gioia. Era così preoccupato.

Quando aveva domandato alla donna dove si trovassero lei e Julia e si era sentito rispondere che erano in un appartamento a pochi metri dal suo era rimasto interdetto. La donna, che si chiamava Bianca, abitava nel palazzo di fronte! Era rimasto senza parole, spiazzato da quella straordinaria coincidenza.

Quando aveva riattaccato, Carlo si era lasciato cadere all'indietro sul divano e non si era più mosso da quella posizione.

Anche ora, mentre ripercorreva mentalmente la telefonata, cercando di dare ordine alle informazioni ricevute dalla donna, restava immobile nel silenzio, pensieroso e preoccupato, le orecchie tese, pronto a captare i passi delle due donne sul pianerottolo.

Pensò a Julia e a Daniel, alla loro storia d'amore. Era stato Daniel a portare Julia una mattina alla casa di accoglienza.

Quando l'aveva vista per la prima volta, Carlo era rimasto sbalordito dal contrasto tra la bellezza dei suoi tratti, delicati e distinti, e la brutalità delle condizioni in cui era vissuta.

Il suo volto bianco, gli occhi trasparenti, i lineamenti

perfetti erano storpiati da dettagli crudi e spiazzanti, come i tagli sulle mani, la magrezza del corpo, i capelli sporchi e i denti ingialliti.

Carlo ne era rimasto molto colpito. Nel suo modo calmo di parlare, di sorridere, di fissare lo sguardo in un punto lontano, c'era il racconto di tutta la sua vita. Riflessa nei suoi grandi occhi c'era la sua sofferenza, ed era difficile restare indifferenti.

Daniel lavorava da parecchi anni come factotum alla casa di accoglienza. Era lui che controllava che tutto funzionasse all'interno della struttura. Riparava i bagni, faceva lavori di muratura e manutenzione, aggiustava guasti elettrici, spostava e sostituiva mobili e aiutava chiunque ne avesse bisogno.

Era una persona garbata, sorridente e dal temperamento mite. Andava d'accordo con tutti ed era diventato un punto di riferimento importante per volontari e ospiti della casa.

Quando Carlo aveva messo in piedi il suo piccolo centro di ascolto, era stato Daniel, più di chiunque altro, ad aiutarlo nelle attività pratiche e logistiche. Tra loro si era creata da subito una bella complicità e Daniel aveva fatto in modo che il dottore fosse accettato e ben visto da tutti all'interno della casa. Con il tempo era nata un'amicizia profonda.

Era a lui che Daniel aveva confidato di aver conosciuto Julia, del loro amore, ma anche delle difficoltà, del fratello drogato e delle violenze. Gli aveva parlato dei loro incontri segreti e del suo desiderio di allontanarla dal campo di zingari dove viveva. Desiderava sposarla e mettere su famiglia. Ma prima doveva trovare il modo di risolvere i problemi con il fratello.

Carlo, partecipe delle preoccupazioni di Daniel, si era offerto di aiutarli, anche se non sapeva bene come. Prima di tutto aveva chiesto a Daniel di conoscere Julia, per parlarle e cercare di scoprire di più su di lei e sul rapporto che aveva con il fratello.

Si erano visti poche volte, inizialmente Julia si era mostrata timida e poco incline ad aprirsi. Ma al terzo incontro aveva cominciato a parlare, a raccontare la sua vita, e Carlo si era guadagnato la sua fiducia.

Aveva cercato di aiutarla ad acquisire autostima e sicurezza, necessarie a contrastare l'autorità prepotente del fratello, e a liberarsi del senso di colpa e di gratitudine eccessiva che provava nei suoi confronti. Carlo aveva capito che lui rappresentava per Julia un punto di riferimento, quasi un genitore che non aveva mai avuto. E proprio quando credeva che la ragazza avesse fatto dei progressi, lei era sparita, probabilmente in fuga da quel fratello-padrone.

Carlo ripercorse mentalmente gli ultimi incontri con la ragazza, ed ebbe improvvisamente la sensazione di non aver fatto abbastanza per lei. Nel poco tempo che avevano avuto a disposizione, aveva cercato di non essere invadente, di non spingere Julia a prendere decisioni drastiche o difficili da gestire. Ma quella premura lo aveva portato in un vicolo cieco. Julia si trovava in uno stato di confusione, dal quale lui faticava a tirarla fuori.

Poi Carlo ebbe un'intuizione. Forse non era Julia ad avere bisogno di lui, ma il fratello. In fondo Julia non si sarebbe mai allontanata da lui, non gli avrebbe mai voltato le spalle. Non poteva. C'era un legame troppo profondo tra i due. Un cordone che neanche l'amore di Daniel avrebbe potuto spezzare. Il fratello si drogava e si metteva nei guai, era vulnerabile e non controllava la sua rabbia. Ma Julia non lo avrebbe mai abbandonato, era una parte di lei, del suo passato, del suo dolore. Dentro di lei scorrevano i ricordi e le angosce di lui. La tristezza, la disperazione e l'oblio iniettati come un veleno attraverso una siringa sporca.

Carlo si scosse dal suo immobilismo e di scatto si alzò in piedi. Si sistemò la camicia nei pantaloni e si passò le mani tra i capelli. Aveva le idee più chiare su cosa dovesse fare. Doveva incontrare il fratello di Julia, doveva parlarci, iniziare anche con lui un percorso di terapia. Aiutarlo a uscire dall'assuefazione dalla droga. Tentare di salvarlo, di salvarli entrambi da un destino già scritto.

9. Uomini che odiano le donne

Cinque, dieci, trenta. Quanti minuti erano passati? Quanto ci metteva quella sostanza a insinuarsi nel sangue, nelle vene e infine ad arrivare al cuore?

Inciampò nell'oscurità, l'asfalto duro e bagnato per un attimo gli diede sollievo.

Si rialzò barcollando. Dove si trovava? Le strade buie della città gli apparivano tutte uguali e monotone.

Si guardò intorno cercando dei riferimenti. I palazzi, alti e quadrati, sembravano crollargli addosso. Ammassi di cemento grigio, bucati da finestre strette e vicine, dalle quali s'intravedeva, qua e là, una luce fioca, che conferiva un aspetto spettrale a tutta la struttura.

Poco più avanti c'era un piccolo parco giochi solitario, triste nella sua desolazione. I giochi arrugginiti e abbandonati sembravano carcasse di vecchie auto usate. Si trascinò fino a lì e si accasciò su una panchina sgangherata.

Aveva bisogno di un'altra dose, e ne aveva bisogno subito.

Da quante ore vagava da solo per la città?

Florian non lo ricordava più. Aveva perso il senso dell'orientamento e del tempo. Ricordava di aver litigato furiosamente con sua sorella, forse quella stessa mattina o forse qualche giorno prima. Non lo rammentava. Ma che importanza aveva? L'aveva presa a schiaffi e a calci. La ricordava rannicchiata mentre urlava e cercava di ripararsi dai colpi. Poi le aveva lanciato in faccia qualcosa, forse un telefono o un telecomando. L'oggetto l'aveva presa alla tempia, accanto all'occhio. Si era fermato di colpo e lei, sfruttando quell'attimo, era fuggita via. Lo voleva abbandonare, scappare via con quello schifoso rumeno. Ma lui non era scemo, lui lo aveva capito. E l'aveva picchiata, per punirla, per impedirle di lasciarlo solo, con la droga e con la sua tristezza, che lo divoravano come bestie fameliche.

Odiava sua sorella, come odiava tutte le donne. Anche sua madre, che se n'era andata e lo aveva abbandonato quando era ancora un bambino. Era cresciuto e diventato adulto da solo, troppo in fretta, guidato soltanto dall'istinto di sopravvivenza e dalla disperazione.

La notte in cui sua madre li aveva lasciati, lui era sveglio e l'aveva sentita mentre scivolava giù dal letto nel quale dormivano anche lui e sua sorella. L'aveva sentita vestirsi piano, stando attenta a non svegliarli. I suoi passi nella stanza, il fruscio della valigia che scivolava sul pavimento.

Aveva percepito sua madre immobile davanti al letto, mentre guardava lui e Julia. Era rimasta così, ferma, in piedi per chissà quanto tempo.

Ma Florian aveva continuato a far finta di dormire. Poi aveva sentito la mano di lei insinuarsi piano tra i suoi capelli. Soffermarsi sulla sua guancia calda.

Chissà se aveva capito che era sveglio. Se lui avesse aperto gli occhi, se l'avesse guardata e avesse detto qualcosa, forse lei non se ne sarebbe andata. Avrebbe potuto alzarsi dal letto, cominciare a piangere, a urlare. Lei, allora, non avrebbe avuto il coraggio di lasciarli.

Invece Florian era rimasto immobile e terrorizzato, rannicchiato tra le lenzuola.

La mano di sua madre si era allontanata piano dalla sua guancia. Il suo profumo era rimasto sospeso nell'aria. Poi se ne era andata in silenzio, senza lasciare un biglietto né una spiegazione, un saluto, un bacio o un abbraccio. Niente. E lui aveva capito, con il cuore sofferente, che non l'avrebbe rivista mai più.

Non aveva molti altri ricordi. Li aveva lasciati scivolare via lentamente. Ma quello dell'ultima notte, invece, era ancora vivido nella sua memoria, ritornava spesso, anche quando lui non voleva. Lo ossessionava e lo soffocava.

Con l'eroina, però, era diventato tutto più semplice. La droga era un balsamo per la sua mente afflitta. Sotto il suo effetto, le voci nella sua testa smettevano di sovrapporsi. I pensieri si scioglievano e si sentiva libero da ogni preoccupazione. L'ansia e l'angoscia si attenuavano. E lui era finalmente capace di affrontare di nuovo il mondo e la vita.

Ma l'effetto durava sempre meno. La lucidità gli ripiombava addosso con la forza di una valanga. Sentiva il peso del suo corpo gravare sulle ossa indolenzite, ogni movimento diventava faticoso e lento. Mangiava e dormiva poco e il fisico, sempre più indebolito, ne risentiva. Nei momenti di lucidità la luce lo infastidiva, sentiva le palpebre pesanti, la lingua aggrovigliata e la bocca impastata.

La droga lo riportava a una condizione di benessere, ma era un'illusione. Il suo corpo stava marcendo. Non riusciva più a farne a meno, ma più si drogava e più stava male. E più stava male e più la droga diventava necessaria.

Non c'erano vie d'uscita, e comunque non le aveva mai prese in considerazione. Non aveva paura di morire e questo lo rendeva ancora più disincantato nei confronti della vita.

Ripensò a sua sorella. Julia gli aveva mentito. Gli aveva fatto credere di non avere più nessun tipo di rapporto con quell'uomo, quel lurido rumeno. Florian non lo sopportava, non tollerava quella sua aria da bravo ragazzo. Voleva portargli via sua sorella, pensava di potersi prendere cura di lei meglio di quanto lui avesse fatto in tutti quegli anni. Glielo avrebbe impedito, aveva ucciso molti uomini nella sua vita, e ne avrebbe uccisi altri se ce ne fosse stato bisogno. Non aveva rimpianti, non c'era spazio per il pentimento, non nel suo cuore almeno. La vita gli aveva negato l'infanzia e l'amore dei genitori, gli aveva riservato tristezza e dolore. Lui l'aveva ripagata con il disprezzo, la violenza e la morte.

Si alzò dalla panchina e ritornò verso la strada. C'erano poche macchine in giro. Si guardò intorno, cercando di capire dove si trovava.

Voleva tornare da sua sorella. Forse era con quell'uomo adesso, non poteva permetterlo. Il pensiero di Julia tra le braccia del romeno gli fece girare la testa. Si fermò in mezzo alla strada e vomitò.

Doveva procurarsi un'altra dose o rischiava di impazzire.

Vide la luce di un bar dall'altra parte della strada. Attraversò senza guardare e un'auto gli passò accanto suonando il clacson con forza ed evitandolo per poco. Lui imprecò nella sua lingua. Entrò nel bar e prese due birre dal frigo appoggiato al muro. L'uomo dietro al bancone lo guardò preoccupato.

Florian si tastò i pantaloni alla ricerca di qualche spicciolo, ma non si reggeva in piedi e barcollava da una parte all'altra. Aveva la bava che gli colava dall'angolo destro della bocca, le pupille degli occhi dilatate a dismisura e le braccia scheletriche piene di lividi. Il gestore del bar sospettò che si trattasse di un tossico. Con ampi gesti fece capire a Florian che non voleva soldi, si poteva tenere le birre, a patto che uscisse subito dal suo locale. Florian bofonchiò qualcosa d'incomprensibile, strinse le birre contro il petto e uscì in strada. L'uomo si affrettò a chiudere la porta del bar e, mentre si allontanava, Florian sentì il rumore di una saracinesca che si abbassava.

Continuò a camminare senza meta bevendo di tanto in tanto un sorso di birra. Quando finì la prima lattina si ritrovò su una strada più ampia. C'erano macchine e gente in giro. Locali aperti e confusione. Florian cercò di accelerare il passo e s'infilò in una strada laterale. Nessuno sembrò fare caso a lui. Un gruppo di ragazzi gli passò accanto chiacchierando a gran voce e ridendo.

Florian si spostò di lato barcollando e si accasciò contro il muro. Si attaccò alla seconda lattina di birra, la svuotò velocemente e la lasciò scivolare a terra.

Era esausto, ma non poteva fermarsi. Doveva trovare Julia. Supplicarla di perdonarlo. Convincerla che solo lui poteva amarla e prendersi cura di lei.

Poi avrebbe cercato il romeno e gli avrebbe piantato un coltello nello stomaco, lo avrebbe girato nella carne fino a sentirne le viscere. Quel pensiero gli diede una scarica di adrenalina e riprese a camminare. Però prima di tutto gli serviva altra droga.

Ebbe di nuovo l'impulso di vomitare, ma si trattenne.

Raggiunse il Lungotevere, attraversò la strada e raggiunse il marciapiede. Si avvicinò al muro di pietra e si affacciò a guardare di sotto. Il fiume, in basso, scorreva svelto e indomabile. Osservò gli argini ingrossati dal violento acquazzone di qualche ora prima e la corrente furiosa inghiottire detriti e pezzi di legno. Scese giù per le scale che portavano alla banchina. Sugli ultimi gradini inciampò e cadde in avanti, sbattendo forte un ginocchio. Si alzò zoppicante, si tirò su i pantaloni e vide il sangue scivolare lungo la gamba, da una piccola ferita.

Si abbandonò con la schiena appoggiata contro un muro. Sentiva l'impeto dell'acqua a pochi passi da lui. Aveva il respiro affannato e il sudore gli bagnava la fronte.

Una volta, da bambino, era caduto da un'altalena ricavata tra due grandi rami nel giardino e si era sbucciato un ginocchio. Era corso a casa a cercare sua madre. L'aveva trovata in cucina, seduta su una sedia, illuminata dal sole che si era intrufolato dalla piccola finestra. Teneva sua sorella neonata tra le braccia, aveva un seno scoperto e la piccola attaccata a lei.

Florian si era buttato per terra, aveva iniziato a piangere e a gridare, facendo finta di avere un dolore fortissimo alla gamba. Sua madre aveva chiamato la nonna per affidarle la bambina. Poi lo aveva sollevato da terra e spinto verso il suo seno nudo e ancora bagnato di latte.

Lui si era attaccato al capezzolo e aveva succhiato, inebriandosi dell'odore e del calore della madre.

Florian guardò di nuovo il ginocchio sanguinante. Chi era veramente? Di chi era la vita che stava vivendo? Non era certo che fosse la sua. Nascosto nell'oscurità della sua anima si agitava un mostro. Qualcuno che non conosceva, ma che stava consumando la sua stessa esistenza. Sarebbe bastato liberarsi di quella presenza, estirparla dalla terra arida che si era formata dentro di lui. Ma non ne aveva la forza e forse neanche il coraggio.

Sentì un rumore alla sua sinistra e si girò di scatto. Il buio lo fissava immobile. Era solo, non c'era nessuno lì sotto, a parte il rumore incessante dell'acqua.

Lui non sapeva nuotare. Nonostante il suo paese natale fosse a pochi chilometri dalla costa, non amava il mare. Gli piaceva la sabbia bagnata, il sole pallido e il tramonto d'estate. Ma l'acqua no.

Sentì di nuovo un rumore nell'oscurità, questa volta più netto, come un fruscio di carta. Tuttavia ancora una volta non vide nessuno.

«Ohhhhhhh». Florian lanciò un urlo che venne soffocato dal fiume.

Si alzò a fatica, tenendo le mani appoggiate sul muro.

Una volta in piedi cercò di recuperare l'equilibrio e poi lentamente si avvicinò alla sponda. L'acqua era vicinissima. Florian rimase sorpreso e indietreggiò di qualche passo senza staccare gli occhi da terra. Il senso di nausea lo invase ancora e un brivido lo percorse lungo la schiena. Vide qualcosa luccicare tra la corrente.

Allora si sporse in avanti per guardare meglio e notò i gradini di pietra che scendevano, fino a inabissarsi nell'acqua. Si avvicinò, si piegò leggermente in avanti e scese il primo scalino.

L'odore forte di pesce gli riempì le narici. Vide di nuovo il luccichio, questa volta più intenso. C'era qualcosa di vivo lì sotto che lo ipnotizzava. Gli sembrò di scorgere i tratti di un volto umano, tra le onde e l'oscurità. Scese ancora alcuni gradini, finché i suoi piedi furono vicinissimi all'acqua. Sentiva la testa pulsare. Aveva freddo, ma continuava a sudare. La gamba gli faceva male, le braccia, abbandonate lungo i fianchi, sembravano cilindri di piombo appesi al corpo. Pensò di risalire i gradini, tornare in strada, andare a casa. Invece restò immobile, le gambe fissate al suolo.

Dov'era la sua casa? Non esisteva più. Era un immigrato, un clandestino senza lavoro, in una patria che non lo aveva accolto o aiutato.

La sua storia era simile a quella di molti altri ragazzi della sua età e nella sua stessa condizione. Ragazzi che erano partiti pieni di speranze, ma che si erano ritrovati a lottare per la sopravvivenza.

Florian si guardò intorno, poi si coprì il volto con le mani sporche e cominciò a piangere. Lacrime disperate gli segnavano il viso e gli offuscavano la vista.

Guardò di nuovo verso l'acqua e gli sembrò di vedere sua madre. Il suo viso, i suoi occhi, le sue labbra. Bella come mai l'aveva vista prima. Forme fluttuanti tra le increspature del fiume.

Sentì le gambe piegarsi, la schiena curvarsi in avanti. Si rannicchiò sulle ginocchia, chiuso su se stesso, come un mollusco dentro al guscio.

Iniziò a dondolare, spostando il peso dai talloni alla punta dei piedi. Avanti e indietro. Tre o quattro volte, poi si bloccò. E si lasciò avvolgere dalla notte e dall'aria fresca.

All'improvviso, Florian si spinse in avanti con tutta la forza che aveva in corpo, oltre la punta dei suoi piedi, oltre i gradini di pietra che lo tenevano ancorato alla vita.

Una massa compatta che cadeva in acqua, inghiottita in pochi attimi dalla corrente scura che, inarrestabile e inconsapevole, la trascinò via per sempre.

Oltre l'argine, sopra alla banchina, lungo le strade della città, il flusso della vita continuava, indisturbato, il suo viaggio parallelo.

10. Quando la porta si aprì

Quando Bianca tornò in salotto, Julia era davanti alla finestra aperta. Lo sguardo assorto e la testa appoggiata al muro, guardava fuori, come se aspettasse qualcosa.

Il rumore acuto della sirena di un'ambulanza salì dalla strada e s'intrufolò nella stanza. Bianca seguì l'eco disperdersi piano, in lontananza.

S'irrigidiva sempre quando sentiva quel suono. Anche dopo molti anni, la riportava indietro nel tempo, al giorno in cui un'ambulanza era partita a gran velocità, dalla loro casa, con sua madre a bordo. Era un sabato, avevano da poco finito di pranzare. Suo padre stava leggendo il giornale sul divano, lei era al computer e sua sorella riposava. Avevano sentito un rumore improvviso di piatti che si frantumavano provenire dalla cucina.

Bianca si era affacciata per vedere cosa fosse successo e aveva trovato sua madre svenuta, distesa sul pavimento, tra pezzetti di tazzine di caffè distrutte.

Si era messa a urlare e suo padre aveva immediatamente chiamato i soccorsi. Gli infermieri avevano caricato sua madre inerme su una barella, le avevano attaccato la maschera dell'ossigeno e l'avevano portata via correndo nel traffico, facendosi largo con quel suono terrificante. Suo padre era andato con lei, mentre Bianca e sua sorella li avevano seguiti in macchina.

Da quel momento era iniziato il loro inferno.

Se l'attesa di giorni e giorni in ospedale era stata lunga ed esasperante, la rapidità con la quale la malattia si era evoluta era stata fulminante. A sua madre non restavano che pochi mesi di vita, che passò entrando e uscendo dal reparto di oncologia dell'ospedale.

Il tempo scorreva pesante e lugubre, dentro spazi e luoghi sconosciuti. Era stato come rinascere e dover imparare tutto da zero: le parole dei medici, gli odori dell'ospedale, il sapore della malattia. Non c'era niente di rassicurante nella dimensione asettica nella quale Bianca era stata violentemente catapultata.

Aveva visto sua madre spegnersi lentamente, giorno dopo giorno, ora dopo ora. Era rimasta al suo fianco fino al momento in cui non era stata più in grado di riconoscere né lei, né nessun altro della famiglia. I medici avevano detto che non aveva sofferto, che nelle ultime ore era scivolata via senza accorgersi di niente. Ma a Bianca quel *niente* era sempre sembrato più atroce della morte stessa.

Ripensare a quei momenti le procurò una fitta allo stomaco così acuta, che per un secondo dovette sedersi per non perdere l'equilibrio. Quelle sensazioni tanto vivide si riaffacciavano spesso nella sua vita, anche se era passato moltissimo tempo.

Bianca si riprese e si avvicinò a Julia.

«Va tutto bene?», le chiese.

La ragazza si voltò a guardarla, lo sguardo assente,

l'aria stanca. Sorrise e annuì. Le due donne rimasero ferme per qualche secondo, poi Julia chiuse la finestra.

«Andiamo, il tuo amico ci aspetta».

Julia prese le sue cose e la seguì.

Sul pianerottolo del piano di Carlo, Bianca ebbe un momento d'esitazione. C'erano due porte. Guardò quella alla sua destra. C'era un tappetino con la scritta "Welcome" in rosso e di lato, accostato al muro, un vaso portaombrelli che conteneva un grande ombrello nero e due ombrelli molto più piccoli e colorati, forse appartenenti a dei bambini.

Davanti all'altra porta, invece, non c'erano tappetini, era più anonimo. Bianca si avvicinò e si abbassò per leggere il nome sul campanello. Il riquadro era vuoto.

Appoggiò l'orecchio in cerca di qualche indizio. Silenzio. Guardò Julia, alzò le spalle e poi spinse il pulsante.

Sentì il trillo del campanello all'interno dell'appartamento. Poi ancora un lungo silenzio. Finalmente udì dei passi avvicinarsi. Un rumore di chiavi che giravano nella serratura e la porta si aprì.

Bianca si trovò davanti un uomo snello, in maniche di camicia. Lo sguardo assonnato e i capelli scompigliati gli conferivano un'aria scanzonata. Fece un sorriso di circostanza, sembrava agitato.

«Vi stavo aspettando», disse, invitando le due donne a entrare.

Strinse la mano di Bianca, poi guardò Julia con apprensione, le prese un braccio e la tirò delicatamente dentro casa.

«Come stai? Daniel era così in pensiero per te...»,

disse, avvicinandosi al suo orecchio. La ragazza sorrise e alzò le spalle, poi si gettò al collo di Carlo, nascose il volto sul suo petto e iniziò a singhiozzare. Carlo l'abbracciò. Bianca rimase immobile davanti a quella scena. Incrociò gli occhi di Carlo, che la scrutavano. Le fece cenno di entrare senza smettere di guardarla, mentre con l'altro braccio cingeva le spalle di Julia. Poi con un gesto delicato allontanò la ragazza da sé e la guidò verso il divano del salotto.

Bianca chiuse la porta alle sue spalle e li seguì all'interno.

Julia continuava a singhiozzare.

«Calmati ora», le disse Carlo con dolcezza.

Poi si alzò in piedi e si avvicinò a Bianca.

«Vado a prenderle un calmante», disse a bassa voce, passandole accanto e sparendo dietro di lei.

Bianca annusò l'aria e percepì l'odore del suo corpo. Sapeva di buono. Rimase immobile a guardarsi intorno. La stanza era accogliente e ordinata, a parte due quadri appoggiati a terra contro la parete e una grande scatola di cartone chiusa con del nastro adesivo.

Probabilmente abitava da solo, non c'era traccia della presenza di altre persone in giro. Bianca pensò che se fosse stato sposato o in compagnia, qualcuno si sarebbe senz'altro fatto vivo, di fronte a due sconosciute in salotto a quell'ora della notte.

Carlo rientrò nella stanza con un bicchiere in mano. Lo porse a Julia sedendosi accanto a lei.

«Bevilo, starai meglio».

La ragazza prese il bicchiere e lo guardò. D'istinto si

toccò la pancia. In un attimo Bianca capì le sue perplessità.

«Non può prendere medicinali», disse, rivolgendosi a Carlo.

Lui aggrottò la fronte senza capire. Poi guardò la ragazza, la sua mano ferma sul ventre e intuì.

«Julia, sei incinta?!», esclamò in un misto di incredulità ed emozione.

La ragazza annuì seria.

«Che notizia!», disse Carlo, passandosi una mano tra i folti capelli. Poi la guardò e aggiunse, «Daniel lo sa?».

La ragazza abbassò gli occhi.

«Non sa nessuno, solo voi», disse con un filo di voce.

Carlo le tolse il bicchiere dalle mani.

«Lascia perdere questo, allora. Ti preparo una camomilla».

Si alzò e si diresse ancora una volta verso la cucina.

Si fermò davanti a Bianca e la guardò. Bianca si sentì trapassare. Era già la seconda volta da quando era entrata che quell'uomo la fissava con un'intensità imbarazzante e sfacciata. Spostò lo sguardo oltre la sua figura, verso il divano dove era seduta Julia.

«Venga con me», le disse infine lui, invitandola a seguirlo con un cenno del capo.

In cucina Carlo poggiò il bicchiere sul bancone, poi riempì un bricco d'acqua e lo mise sul fuoco.

Bianca lo osservò. I suoi gesti erano calmi e gentili. Era un bell'uomo. Alto, con le spalle larghe. I capelli folti e scuri. Il viso ampio e la mascella squadrata, ricoperta da una barba incolta. Gli occhi lievemente allungati e le sopracciglia piene gli conferivano un'aria esotica.

«Mi scusi per il disordine», disse, indicando i piatti sporchi nel lavandino.

«Oh non si preoccupi, è molto più ordinato di casa mia!». Bianca sorrise imbarazzata. «Senta, se vuole possiamo darci del tu», fece infine, sedendosi su uno sgabello.

«Molto meglio!», disse lui, ricambiando il sorriso.

«Vivi qui da molto?», chiese Bianca incuriosita.

«Neanche due mesi», rispose Carlo allontanandosi dai fornelli e chinandosi sul bancone di fronte a lei.

«Immagino sia per questo che non ci siamo mai incrociati», fece Bianca sorridendo.

«In realtà io credo di averti già visto», aggiunse guardandola con aria divertita. «È da quando sei apparsa davanti alla porta che ci sto pensando».

Bianca aggrottò le sopracciglia.

Carlo si bloccò a pensare. Immobile. Chiuse gli occhi. Rimase qualche secondo in quella curiosa posizione. Poi scosse la testa.

«Sì, ne sono certo... ti ho visto in televisione... qualche ora fa».

Bianca era stupita.

Carlo riprese subito. «Hai partecipato o no a una trasmissione televisiva? Perché qualche ora fa giurerei di averti vista inquadrata proprio nello schermo della mia TV!».

Bianca alzò gli occhi al cielo e solo allora scoppiò a ridere.

«Ah certo...», disse divertita. «In effetti ero lì per

lavoro ed è possibile che mi abbiano ripresa tra il pubblico».

«Veramente», fece Carlo, «non è che stessi esattamente seguendo il programma. Ero distratto, buttavo ogni tanto un'occhiata e ricordo un primo piano su di te. Sì, sono certo che fossi tu ora che ti ho qui davanti».

Bianca era molto divertita di quell'ulteriore coincidenza e con un pizzico di malizia disse: «Complimenti per la memoria fotografica!».

Rise anche lui.

«Be', se consideri che abitiamo nella stessa strada e che tra milioni di persone stasera ne hai incontrata una che cercava proprio me...». Carlo fece una pausa teatrale, poi aggiunse con enfasi: «Era veramente destino che ci incontrassimo, non credi?».

Bianca annuì, abbassando lo sguardo e sorridendo.

Carlo la scrutò per qualche secondo. L'aveva riconosciuta nel momento esatto in cui aveva aperto la porta di casa. L'immagine della donna della televisione si era materializzata davanti a lui.

«Chi è questo Daniel che hai nominato poco fa?», chiese improvvisamente Bianca, alzando lo sguardo su di lui.

Carlo si scostò dal bancone e spense il fornello.

«È il compagno di Julia», rispose versando l'acqua bollente in una tazza. Aprì un armadietto sopra ai fornelli, tirò fuori la confezione di camomilla, e immerse una bustina nella tazza.

«Il padre del bambino. È stato lui a presentarmi Julia. È un bravo ragazzo, lo conosco bene ed è molto innamorato di lei, ma la loro è una storia difficile».

«Lo avevo immaginato», rispose Bianca.

«Grazie di esserti presa cura di Julia, non lo avrebbero fatto in molti», disse Carlo dopo una breve pausa.

Bianca arrossì per il complimento e Carlo sorrise. Aveva notato i modi schivi di Bianca, l'aria turbata, lo sguardo malinconico. Intravedeva un'ombra stanca su quella donna, ma allo stesso tempo percepiva il suo tumulto interiore, un susseguirsi di pulsioni e di passioni indecifrabili, ma seducenti.

«Non avrei mai pensato di poterlo fare neanche io, fino a questa sera», disse infine Bianca con aria assorta, poggiando la testa sul palmo della mano. Rimase immobile per qualche secondo, lo sguardo fisso sul pavimento della cucina.

«Sei sposata?», le chiese Carlo all'improvviso.

Bianca lo guardò, sorpresa dalla domanda. Si raddrizzò sullo sgabello.

«No», disse scuotendo il capo.

«Scusa, non volevo essere indiscreto. È che ho visto l'anello e pensavo...», disse Carlo indicando con la sguardo la mano di Bianca, sul cui dito brillava una piccola fede.

Bianca si guardò la mano.

«Questa era di mia madre, era la sua fede nuziale».

Carlo avrebbe voluto chiedere di più, ma lei riprese a parlare. «Portiamo la camomilla a Julia?», disse, cambiando discorso.

«Sì certo», concordò Carlo, sollevando lentamente la tazza.

Quando arrivarono in salotto, si accorsero che Julia si era addormentata sul divano.

Carlo le sollevò delicatamente le gambe, sistemandole sul divano, poi alzò piano la testa e l'adagiò su un cuscino.

«Lasciamola dormire», disse sottovoce, girandosi verso Bianca e facendole segno di seguirlo. Superarono la cucina ed entrarono in uno studio. C'erano una scrivania ovale e due poltrone di pelle scura, una di fronte all'altra.

«Ho bisogno di una sigaretta», disse Carlo avvicinandosi al tavolo affollato di fogli e libri impilati e tirando fuori da un cassetto un pacchetto accartocciato. «Non fumo spesso», proseguì, quasi a volersi giustificare, «ma ogni tanto mi fa piacere. Tu fumi, ne vuoi una?», chiese, indicando il pacchetto.

«No, grazie», rispose Bianca, sedendosi su una delle due poltrone.

Carlo si portò la sigaretta alle labbra, la accese e inspirò il fumo profondamente prima di buttarlo fuori in una grossa nuvola. Aprì la finestra alle sue spalle e si appoggiò al muro.

«Che pensi di fare con Julia?», chiese Bianca sbirciando fuori dalla finestra.

«Stasera ormai è tardi. Direi di lasciarla dormire qui. Domani le parlerò e poi l'accompagnerò da Daniel alla casa di accoglienza dove lavora. È lì che ricevo i miei pazienti "speciali". È giusto che anche lui sappia del bambino, non credi?».

«Pazienti speciali?», ripeté Bianca con tono interrogativo.

Carlo continuava a fumare la sua sigaretta e a guardare fuori dalla finestra.

«Le persone come Julia. Persone che hanno bisogno di qualcuno che le ascolti e le prenda per mano. Che si curano con un sorriso e con una parola gentile, molto più che con qualche spicciolo o con un pezzo di pane. Persone sole, spaventate, che galleggiano al margine della vita, preoccupandosi solo di non annegare». Carlo si fermò, spense la sigaretta. «E ce ne sono fin troppe che alla fine annegano», concluse serio cercando lo sguardo di Bianca.

C'era traccia di amarezza sul suo volto mentre pronunciava ogni parola. Nello sguardo apparivano i segni di una grande dedizione e di un coinvolgimento emotivo fortissimo.

Bianca provò ammirazione per lui. Lo conosceva appena, eppure c'era nella sua persona una risolutezza garbata e profonda. «Sono sicura che troverai il modo di aiutarla», disse, senza staccare i suoi occhi da quelli di Carlo.

Ci fu un lungo silenzio e alla fine Bianca guardò l'orologio. «È tardi, forse dovrei tornare a casa e cercare di dormire un po'», disse alzandosi in piedi. Carlo annuì, girò intorno alla scrivania e le si avvicinò. Erano a meno di un passo l'uno dall'altra.

«Grazie ancora», disse a bassa voce. Poi le prese la mano, se la portò alle labbra e la baciò delicatamente.

Bianca rimase immobile, pietrificata da quel gesto di inusuale intimità. Ritirò la mano, con molta più rapidità di quanto avrebbe voluto. Si sentiva avvampare.

«Smettila di ringraziarmi, non ho fatto nulla», sbottò impacciata.

Si diresse verso la porta. Poi si fermò e voltandosi disse: «Promettimi che mi terrai aggiornata sulla vita di Julia e che mi farei sapere come potrò aiutarvi».

«Te lo prometto, non spariremo», disse Carlo sorridendo.

Uscirono dallo studio e passando per il salotto diedero un'occhiata a Julia che continuava a dormire nella stessa posizione in cui l'avevano lasciata qualche minuto prima.

Erano quasi arrivati alla porta di casa quando lui di colpo pensò a Martina.

«Mia figlia lavora per quella trasmissione televisiva. Quella alla quale hai partecipato anche tu. Forse l'avrai pure incontrata...», le disse.

Bianca si bloccò. Carlo non aveva finito di pronunciare la frase, che già la sua mente l'aveva riportata a qualche ora prima, nel bagno degli studi televisivi, alla ragazza dagli occhi a mandorla.

Improvvisamente tutto le sembrò più chiaro. I tasselli dei ricordi s'incastrarono quasi la sua vita fosse stata un puzzle.

Come un nastro che si riavvolge, tornò con la mente a qualche settimana prima. Stava rientrando dall'ufficio. Aveva trovato parcheggio nella via di casa, tra due scooter. Scendendo aveva incrociato lo sguardo di una ragazza appoggiata a un motorino fermo. Si era incamminata verso casa rovistando nella borsa alla ricerca delle chiavi che non trovava mai. Poi si era sentita chiamare.

«Mi scusi, questi sono suoi?».

Si era girata e si era ritrovata davanti la ragazza del motorino che le porgeva degli occhiali da sole.

«Sì, sono i miei», aveva detto Bianca, «devono essermi scivolati quando sono scesa dalla macchina. Grazie mille!».

La ragazza le aveva sorriso e si era allontanata.

Era Martina, la stessa ragazza della trasmissione! Ecco perché nel bagno degli studi televisivi aveva avuto la sensazione di averla già vista. E ora scopriva che era la figlia di Carlo.

Bianca si voltò a guardarlo. Si sentiva eccitata dalla scoperta. Le sorridevano gli occhi.

E successe così, senza che ne conoscesse le ragioni. Successe che si sentì vicina a quell'uomo, alla sua vita, ai suoi affetti. Non volle neppure chiedersi perché. Stava accadendo e basta.

«Martina Donati!», disse sorridendo, «sì, certo che l'ho conosciuta».

«Proprio lei», rispose Carlo ricambiando l'entusiasmo.

«Dunque hai una figlia».

«Già. Ma anche questa è una lunga storia. Prima o poi te la racconterò».

Bianca annuì. Non riusciva ad andare via. Le dispiaceva lasciare Julia, anche se era certa che fosse in buone mani.

«Se non ti dispiace magari passo domani mattina per vedere come sta Julia», disse, aprendo la porta e uscendo sul pianerottolo.

«Molto volentieri», replicò Carlo restando qualche passo indietro.

Bianca si sentì sollevata.

«Buonanotte Carlo», disse infine.

«Buonanotte Bianca», le rispose lui.

11. Aggrediti dalle fiamme

Bianca fece pochi passi scendendo le scale, udì Carlo chiudere piano la porta e si fermò per un istante aggrappata ai suoi pensieri.

Si sentiva leggera. L'incontro con quell'uomo l'aveva rinfrancata. Con i suoi modi semplici e diretti, l'aveva fatta sentire importante.

Sapeva che Julia ora era al sicuro e che in parte era anche merito suo. Era soddisfatta. Mentre si avviava senza fretta a casa, godendosi quel momento, rimise in fila gli eventi di quella giornata. Pensò a tutti gli intrecci di una serata insolita e tutto il resto le sembrò lontano: il lavoro, Mario, la loro relazione ormai alla deriva. Cosa l'aspettava ora? Come si sarebbe comportata a partire dal giorno dopo? Il timore di essere inghiottita nuovamente nella sua vecchia vita l'assalì di colpo. Ma Bianca lo respinse risoluta. Non si sarebbe fatta fregare.

Si bloccò di colpo sul pianerottolo del primo piano e sentì un forte odore di bruciato. Si guardò intorno e annusò l'aria cercando di capirne la provenienza. L'olfatto la guidò davanti alla porta della casa alla sua sinistra. Era esattamente in corrispondenza con l'appartamento di Carlo al piano di sopra.

Bianca ne era certa, l'odore proveniva da lì e aumentava con il passare dei secondi. Poggiò l'orecchio sulla porta. Chiunque ci fosse, doveva aver lasciato la televisione accesa ad alto volume.

Bianca non sapeva come comportarsi. Aveva una brutta sensazione addosso. Temette per un attimo che dentro quella casa fosse scoppiato un incendio e che qualcuno si trovasse in pericolo. Prese una decisione. Si avvicinò e bussò. A parte il suono della televisione, continuava a non sentire altro. E allora si fece coraggio e suonò il campanello. Due, tre volte. Nessuna risposta. La casa sembrava vuota.

Bianca notò che da sotto lo stipite della porta cominciava a uscire del fumo, che lentamente riempì il pianerottolo. Tossì e senza perdere altro tempo corse al piano di sopra. Doveva cercare aiuto. Suonò con forza il campanello di Carlo.

Sentì passi affrettati e quando Carlo aprì la porta Bianca non gli lasciò il tempo di meravigliarsi.

«C'è del fumo al piano di sotto, forse un incendio, dobbiamo fare qualcosa», disse tutta agitata.

Carlo scattò fuori, si affacciò oltre la ringhiera delle scale. L'odore di bruciato si faceva sempre più forte.

Capì subito che proveniva dall'appartamento della signora Vincenzi.

«Aspettami qui», disse a Bianca. Rientrò in casa e dopo qualche secondo riapparve con un mazzo di chiavi. Si catapultò giù per le scale e lei lo seguì.

Mentre inseriva le chiavi nella toppa della porta, pensò che per fortuna la signora Vincenzi gliele aveva lasciate proprio la settimana prima.

Carlo spinse la porta con forza e un'ondata di fumo lo sommerse, disperdendosi rapidamente nell'aria. Istintivamente si abbassò, fino a camminare quasi carponi.

«Signora Vincenzi! Laura!», urlò mentre si addentrava nell'appartamento e il fumo lo inghiottiva. Davanti a quella scena, Bianca rimase pietrificata. Sentì la voce di Julia, che doveva essersi svegliata per il chiasso, chiamarla da sopra.

«Julia, non scendere», le gridò. «Corri a telefonare ai pompieri». Poi, senza aspettare una risposta, si mise una mano sulla bocca ed entrò anche lei nella casa.

Era buio e il fumo era ovunque, rendendo lo spazio angusto e informe.

«Carlo, dove sei?».

Avanzò nella penombra e arrivò in salotto. La televisione accesa illuminava la stanza in modo spettrale. Sullo schermo, immagini di elefanti che s'immergevano nell'acqua grigia di un fiume. Doveva essere un documentario.

La tenda appesa alla finestra e l'intera libreria erano aggredite dal fuoco. Per terra, capovolta, una stufa accesa.

Carlo era chino sulla signora Vincenzi, svenuta ai piedi del divano. Le avvolse le braccia intorno al corpo e la tirò su. Il braccio dell'anziana ciondolò nel vuoto.

Bianca osservò in silenzio, gli occhi le bruciavano e la gola le pizzicava.

«Andiamo via», le intimò Carlo, accelerando il passo verso l'uscita.

Si affrettò a seguirlo, ma un suono stridulo la bloccò.

Si girò di scatto e scrutò la stanza cercando di capirne la provenienza.

Sentì di nuovo il lamento, questa volta più intenso. Era il miagolio di un gatto. Bianca guardò verso l'uscita e provò l'impulso di scappare e di lasciare l'animale in mezzo alle fiamme. Ma poi si voltò e cominciò a cercarlo.

Il fuoco era ovunque e il caldo soffocante. Bianca si mise a camminare carponi per la casa.

«Dove sei stupido gatto?», urlò con tutta la voce che aveva in corpo.

Come se l'avesse sentita, l'animale riprese a miagolare con insistenza e disperazione. Bianca seguì il suono e si diresse verso la cucina. Il gatto era raggomitolato sotto a un tavolo. Bianca si chinò e senza esitazione lo tirò a sé sollevandolo. Poi, corse fuori dalla stanza, tossendo.

Inghiottiva fumo che le si addensava in gola, impedendole di respirare. Sentiva i polmoni, affaticati, esploderle nel petto.

Si strinse il gatto addosso e tornò nel salone. Dov'era l'uscita? Bianca si guardò intorno confusa e in preda al panico. Aveva completamente perso l'orientamento e il fumo le annebbiava la vista.

Inciampò maldestramente contro qualcosa di duro e cadde a terra urtando la testa contro lo spigolo di un tavolo.

Il gatto le scivolò via dalle braccia. Bianca lo vide correre e poi sparire.

Non riusciva ad alzarsi. La testa le girava. Sentiva il calore crescere minaccioso intorno a lei, le labbra secche e le mani sudate. Provò a chiamare aiuto, ma quello che le uscì dalla bocca fu poco più che un soffio.

Non provava dolore, ma un tremendo ronzio nella testa. Cercò di girare il capo, ma il corpo non rispondeva.

Improvvisamente si sentì sopraffatta dalla paura. Pensò che sarebbe morta lì, tra le fiamme, nell'appartamento di una sconosciuta. Pensò a sua madre e a sua sorella. Poi al padre, un volto stanco e ingrigito dagli anni. Bianca ebbe un sussulto. Doveva chiamarlo, rivederlo, dirgli che gli voleva bene.

Fu invasa dalla tristezza. Come aveva potuto lasciarlo solo per tutto quel tempo? Aveva pensato solo a se stessa. Di lui non si era preoccupato più nessuno. Gli occhi le si riempirono di lacrime, mentre il fumo intorno a lei aumentava, avviluppandola, senza lasciarle aria.

I pensieri nella sua testa iniziarono a sbiadire, sentiva gli occhi pesanti e il desiderio crescente di dormire. Li chiuse e il buio le sembrò confortante. Scivolò nell'oscurità, finché dalla profondità della sua incoscienza apparve una figura.

Bianca cercò di metterla a fuoco. Era un bambino, con i capelli scuri e la pelle abbronzata. Aveva addosso solo un costume da bagno ed era fermo, in piedi, a guardarla. Bianca lo conosceva, ne era sicura, ma non riusciva a ricordarne il nome.

Il bambino le sorrise, mentre fiamme infuocate si agitavano intorno a loro, avvicinandosi sempre di più.

Il bambino iniziò a volteggiare su se stesso, muovendo le braccia e le mani come se danzasse e lasciando scie di luce bianca nell'aria. Con il movimento delle sue mani respingeva le fiamme, allontanandole dai loro corpi. Bianca lo guardò, stupefatta e piena di gratitudine.

Poi, a un tratto, sentì il corpo leggero, senza più peso e gravità. Qualcuno la stava sollevando da terra. Si sentiva come liberata e mentre fluttuava cercava di non perdere l'immagine del bambino che stava cominciando a sfumare davanti ai suoi occhi. Urla insistenti la distraevano, riportandola con forza alla realtà.

«Bianca, svegliati! Apri gli occhi, Cristo santo!».

Bianca aprì lentamente gli occhi e vide il volto di un uomo contratto e sudato. Carlo correva, stringendola tra le braccia.

«Forza Bianca, ce l'abbiamo quasi fatta», le sfiorò la guancia con le labbra umide.

Tutt'intorno c'erano urla e frastuono. Bianca intravide le fiamme alte e uomini con tute scure che cercavano di domarle. Poi sentì un dolore forte alla testa, si abbandonò contro il petto solido di Carlo e richiuse gli occhi.

12. Infinite combinazioni

La notte abbandonò la città, alzandosi lenta come un sipario e lasciando spazio ai colori pallidi dell'alba. E mentre ovunque regnava il silenzio del sonno, un velo di luce leggera si posò sul cielo, sulle strade e sulle case.

Quando Bianca aprì gli occhi, vide sottili lame di luce infilarsi tra le fessure della serranda. Era sdraiata in un grande letto e indossava una veste bianca. Aveva una flebo attaccata al braccio e un grosso cerotto sopra l'orecchio destro. Fissò il soffitto per qualche secondo.

Capì che si trovava in ospedale dall'inconfondibile odore di disinfettante che aleggiava nell'aria.

Immagini della notte precedente le tornavano ora alla memoria. Ricordava il fuoco, la vecchia signora sdraiata per terra e il gatto che aveva cercato di salvare. Era caduta e non era riuscita a rialzarsi. Si portò una mano alla testa e toccò il cerotto ruvido. Le faceva male. Si sentiva stanca e intontita. Sul letto accanto al suo una donna dormiva, dandole le spalle.

Bianca vide i suoi vestiti piegati ordinatamente sulla sedia accanto al comodino. Poi guardò verso la finestra. Che ore potevano essere? Si guardò intorno alla ricerca di un orologio, ma nella stanza non ce n'erano.

Non ricordava come fosse arrivata in ospedale e pensò che avrebbe dovuto avvisare la sua famiglia, a meno che qualcuno non lo avesse già fatto.

Mentre si domandava che fine avesse fatto il suo cellulare, la porta si aprì e un'infermiera si avvicinò a passo spedito verso il suo letto.

«Ah, si è svegliata. Come va?». Era una ragazza minuta e magra, con i capelli neri tirati all'indietro in una lunga coda di cavallo e un piccolo piercing sul naso.

Le cambiò il flacone della flebo con movimenti svelti ed esperti.

«Bene», rispose Bianca titubante, «ma che mi è successo?», chiese portandosi una mano alla testa.

«Trauma cranico e dieci punti di sutura», disse l'infermiera senza cambiare tono di voce, continuando ad armeggiare con la flebo.

«Giri il capo di lato», le ordinò mentre le appoggiava un termometro nell'orecchio. Lo estrasse, controllò e se lo rimise in tasca.

«Niente febbre», sentenziò.

Prese la cartella clinica ai piedi del letto e scribacchiò qualcosa rapidamente. La ripose e fissò Bianca.

«Se deve andare in bagno può alzarsi tranquillamente», disse, indicando una porta alle sue spalle. Bianca annuì.

«Le serve altro?»

«No. Cioè in realtà, sì. Che ore sono?»

«Le sette e mezzo».

«Io non mi ricordo molto di quello che è successo,

non so neppure come sia arrivata qui. Chi mi abbia portata. Lei sa dirmi qualcosa di più?»

«Mi dispiace, io ho appena iniziato il turno, non ero qui quando è arrivata. Ma più tardi passerà il medico a visitarla e potrà chiedergli tutto».

Il dottore si presentò dopo un'ora per il giro di visite del mattino. Bianca aveva fatto colazione con un tè caldo e si era già alzata dal letto un paio di volte. Aveva chiesto di poter fare una telefonata, ma nessuno le aveva dato retta.

La donna con la quale divideva la stanza, da quando si era svegliata non aveva fatto altro che lamentarsi per dei dolori alla gamba, operata la settimana prima. Poi per fortuna due infermieri l'avevano portata via per una serie di analisi.

Bianca si sentiva esausta e non vedeva l'ora di sapere quando sarebbe potuta tornare a casa.

«Non prima di domani», le disse il medico dopo averla visitata.

Bianca non nascose la sua delusione. Ma aveva un forte mal di testa e si sentiva debole, non voleva discutere.

«Dottore, mi tolga una curiosità, chi mi ha portato in ospedale ieri notte?».

Il dottore la scrutò.

«È arrivata con l'ambulanza».

Fece una pausa.

«Signora Romeo, si ricorda quello che le è accaduto vero?», le chiese infine, con calma.

«Più o meno», rispose Bianca confusa.

«Si ricorda dell'incendio?».

Bianca annuì.

«Bene», proseguì il dottore. «L'appartamento è stato praticamente distrutto dalle fiamme. Lei è stata molto fortunata a salvarsi. Così come la signora, la proprietaria della casa. Ha passato qualche ora al pronto soccorso, ma niente di grave».

Bianca ascoltò, ammutolita e sollevata.

«Ora cerchi di riposare», le disse infine il medico, ansioso di congedarsi.

Si sistemò un'ultima volta gli occhiali sul naso e uscì deciso dalla stanza, lasciando Bianca tra mille pensieri che le ronzavano in testa.

Si sistemò sul cuscino, cercando una posizione comoda e si girò leggermente di lato, con lo sguardo rivolto verso la finestra.

Vedeva le cime degli alberi e il cielo azzurro velato da nuvole bianche. Provò l'impulso di correre verso la finestra, aprirla e ubriacarsi di aria, chiudere gli occhi e lasciare che la luce le penetrasse nella pelle. Sentiva una nuova energia montarle dentro, una sensazione di euforia che stonava con il luogo in cui si trovava.

All'improvviso un pensiero la fulminò. Nessuno le aveva parlato di Carlo. Che fine aveva fatto? Era stato lui a sollevarla da terra e a portarla via dall'appartamento? Bianca non ne era certa. Aveva solo un ricordo vago del volto di Carlo vicino al suo, mentre la trasportava via dalle fiamme. Era stato lui a salvarla, rientrando nell'appartamento? E dov'era ora, stava bene? Fu in quel momento che Bianca si rese conto che desiderava solo una cosa: rivederlo il prima possibile.

Era esausta, ma sperava che lui arrivasse, si sedesse accanto a lei e le prendesse la mano, proprio come aveva fatto qualche ora prima nello studio del suo appartamento.

Provava affetto nei suoi confronti, un'attrazione che stava affiorando con nettezza. E non si trattava solo di qualcosa di fisico, no, c'era una profondità viscerale in quella sua sensazione. Era al tempo stesso ansia per l'attesa e desiderio dell'incontro.

Pensò a quanto fosse sottile e fragile il filo di relazioni che attraversa l'esistenza di ogni persona. Infinite combinazioni e infiniti percorsi che s'intrecciano, s'incrociano, si allontanano e a volte si perdono.

Ripercorse mentalmente tutto quello che le era accaduto la sera prima. Rimise in ordine i suoi ricordi. Se non fosse scesa dalla macchina, se non fosse entrata nella chiesa, se non avesse incontrato Julia, se non le avesse parlato, ora non si sarebbe trovata sdraiata in un letto di ospedale, ad aspettare di rivedere un uomo appena conosciuto.

E quella stanza d'ospedale, così anonima, con i suoi muri e i colori asettici, assumeva ora un valore simbolico nella sua vita. Segnava un confine tra il prima e il dopo.

Sopraffatta dai pensieri, seguì con lo sguardo la scia di un aereo che si allontanava bucando il cielo e si fece la stessa domanda che si faceva sempre da bambina: chissà dove starà andando; chissà quante vite, quanti destini, quante passioni volano in quell'apparecchio. La distrasse un rumore di passi che si avvicinavano alla porta della sua stanza. Ci fu un attimo di attesa e poi qualcuno bussò.

Bianca rimase immobile, con le spalle rivolte alla porta e uno strano senso d'eccitazione condensato nella pancia. Per un attimo credette fosse lui.

Sentì la porta aprirsi lentamente e qualcuno entrare. Sperava di rivederlo, lo sperava con tutte le sue forze. Si girò piano, a guardare.

Suo padre, in piedi davanti a lei, riuscì a stento a trattenere la commozione. Prima che Bianca potesse parlare, lui aveva già attraversato la stanza e le si era quasi buttato addosso, avvolgendola in un abbraccio.

«Grazie al cielo stai bene. Ero così preoccupato».

La guardò prendendole il volto tra le mani. Bianca si accorse subito che era dimagrito molto dall'ultima volta che si erano visti.

«Papà, sono contenta di vederti», gli disse, abbracciandolo a sua volta.

«Sono venuto di corsa, non appena mi hanno chiamato dall'ospedale. Quando sono arrivato, avevano già finito di metterti i punti in testa e tu dormivi tranquilla. Ho sonnecchiato sulla poltrona accanto al tuo letto per qualche ora, poi mi sono alzato e sono andato alla ricerca di un caffè».

Suo padre si fermò, scosse la testa e poi si lasciò scappare uno sbadiglio.

«Scusami, ma sono un po' intontito», le disse, prendendole la mano e accarezzandola. Bianca guardò la mano di suo padre, il palmo ampio, le dita affusolate, la pelle rugosa e macchiata dalla vecchiaia, ma ancora così rassicurante.

«Pensa che mentre ero al bar, al piano terra, ho incontrato una persona che non vedevo da moltissimo tempo», continuò lui con un velo di nostalgia sul volto. «È stata lei a raccontarmi tutti i dettagli del tuo incidente».

Suo padre la stava fissando e Bianca notò un lieve tremolio nei suoi occhi. Sembrava preoccupato per qualcosa.

Bianca, incuriosita, stava per chiedergli chi fosse quella persona, quando la porta della stanza si spalancò.

«Siete tutti degli incompetenti!».

La sua vicina di letto entrò sbraitando e inveendo contro l'infermiere che la spingeva sulla carrozzina.

«Io sento più dolore di prima a questa gamba. Come ve lo devo dire! Datemi qualcosa di più forte contro il dolore!».

«Le abbiamo appena fatto un'iniezione di antidolorifico, signora Maffei. Deve pazientare qualche minuto e poi vedrà che la gamba le farà meno male».

L'infermiere cercò di mantenere la calma, ma il suo tono di voce tradiva una certa irritazione. Sistemò svogliatamente sul letto la signora Maffei, che continuava ad ansimare e a lamentarsi.

«Più si agita e peggio è», concluse.

Poi si rivolse a Bianca: «Ci servono delle firme e alcuni dettagli per completare i documenti per l'amministrazione. Può venire lei o lo facciamo fare a un suo familiare?»

«Vengo io», intervenne subito suo padre. «Tu resta

qui a risposare», disse, rivolgendosi a Bianca, con un tono che non ammetteva repliche.

«Papà, aspetta...», fece lei, provando a bloccarlo. Ma suo padre e l'infermiere erano già usciti dalla stanza.

Bianca si guardò intorno sbuffando.

«Sono tutti una manica d'incompetenti!», ripeté la sua vicina di letto, sperando di attaccare discorso. Ma Bianca non aveva nessuna voglia di ascoltare i brontolii della donna, quindi le rivolse un sorriso di cortesia e senza dire niente si alzò dal letto, si infilò le pantofole e si avviò verso la porta.

Uscì dalla stanza e arrivò lentamente in fondo al corridoio. Davanti all'ascensore ebbe un attimo d'indecisione, ma poi spinse il pulsante. Sarebbe scesa al bar al piano terra. Nell'ascensore c'erano già due persone, un uomo e una donna, vestiti con delle tute verdi. Bianca bisbigliò un saluto e scivolò dentro. Erano due operatori dell'ambulanza. L'uomo parlava animatamente. Sembravano non essersi accorti della presenza di Bianca.

«Pazzesco, il fuoco ha bruciato tutto. I vigili c'hanno messo più di un'ora a spegnere le fiamme...».

Bianca guardò l'uomo, incuriosita dal suo racconto. Possibile che stesse parlando proprio dell'incendio della sera prima? Del *suo* incendio?

«La vecchia s'è salvata, ma la casa è distrutta», continuò l'uomo gesticolando, «e poi quel poveretto, non solo ha fatto l'eroe e ha salvato tutti, ma gli è pure preso un infarto, hai capito che roba?».

La donna che lo ascoltava scosse la testa.

«Ma dài!! È morto?»

«Ma no, per fortuna s'è salvato… l'hanno preso in tempo… e ora sta in rianimazione, da ieri notte», disse l'uomo, scuotendo il capo.

La porta dell'ascensore si aprì al piano terra e i due, dopo aver salutato distrattamente Bianca, si allontanarono. Lei rimase pietrificata, incollata alla parete dell'ascensore. Non c'erano più dubbi, stavano proprio parlando di quell'incendio. E se era così, chi era l'uomo che aveva avuto un infarto? Bianca si sentì mancare, aveva un brutto presentimento addosso. Uscì dall'abitacolo.

«Mi scusi dov'è la rianimazione?», chiese al primo infermiere che incontrò.

«Al quarto piano».

«Grazie». In tutta fretta, Bianca s'infilò di nuovo in ascensore e risalì. Quando arrivò nel reparto, si guardò intorno alla ricerca di qualcuno a cui chiedere informazioni.

S'intrufolò in un piccolo salotto. Seduta su un divano, una giovane donna singhiozzava tra le braccia di una signora più anziana, che dalla somiglianza doveva essere la madre. La teneva stretta a sé, cullandola, lo sguardo perso nel vuoto.

In fondo al salottino si aprì una porta dalla quale uscì una dottoressa.

«Mi scusi», Bianca le si piazzò davanti, «sto cercando una persona, ma non so se si trova qui…». Fece una pausa, le girava la testa.

La dottoressa la scrutò. «Chi cerca, signora?»

«Vede, anche io sono ricoverata in questo ospedale, c'è stato un incendio ieri notte e… mi scusi, sono un po' confusa». Bianca si portò una mano alla tempia. Poi guardò la dottoressa negli occhi e le chiese con tono deciso: «Carlo Neri si trova qui?»

«Lei è una parente?», chiese la dottoressa.

«Una cara amica», disse Bianca con un filo di voce, «ero con lui ieri sera, mi ha salvato la vita».

La voce le tremava e cercava di trattenere le lacrime.

La dottoressa a quel punto la prese delicatamente sottobraccio guidandola verso il divano di fronte alle altre due donne. La invitò a sedersi e si accomodò accanto a lei.

«Il signor Neri è in coma. Ha avuto un infarto, lo abbiamo operato ieri notte, ma non sappiamo dire quando si risveglierà».

Bianca sentì una fitta allo stomaco, deglutì e si portò una mano al petto.

«Vorrei vederlo», disse piano alla dottoressa.

La donna scosse il capo. «Mi dispiace, ma non è orario di visite».

«La prego, solo un attimo», insistette Bianca quasi supplicandola.

La donna sospirò rassegnata.

«Va bene, ma in via del tutto eccezionale, solo per qualche istante».

Oltrepassarono un'altra stanza e si ritrovarono in uno stretto corridoio. La dottoressa diede a Bianca un camice, una cuffia, dei para-scarpe e una mascherina per il viso.

«Indossi tutto per favore».

Bianca obbedì. Quando fu pronta, la dottoressa le fece strada. Varcarono una porta e si ritrovarono in una grande sala. C'erano sei letti, tre allineati lungo una parete e altri tre dall'altra parte. Erano separati da leggere tende bianche. In fondo alla stanza c'era un grosso vetro, dietro al quale c'erano schermi e monitor attraverso cui i dottori e gli infermieri controllavano i pazienti. Regnava uno strano silenzio, pesante e lugubre.

«Il signor Neri è nel primo letto», disse la dottoressa a bassa voce, indicandolo con la mano.

Bianca s'incamminò esitante. Spostò lievemente la tenda e vide Carlo sdraiato, le braccia nude in vista, fuori dal lenzuolo bianco che copriva il resto del corpo. Il viso pallido e contratto, la testa leggermente reclinata all'indietro, la bocca appena aperta, in cui era infilato un tubo grigio.

Bianca si avvicinò tremante. Di fronte a quella scena le lacrime cominciarono a scenderle inarrestabili sulle guance. Delicatamente appoggiò una mano su quella di Carlo. Era fredda. Non le sembrava possibile che l'uomo che poche ore prima era apparso così vivo e pieno di energie potesse trovarsi, ora, disteso sul letto di un ospedale. Provava un misto di tristezza e di rabbia, mentre constatava la sua impotenza di fronte all'imprevedibilità della vita. Fece scorrere la sua mano lungo il braccio di Carlo. Poi si avvicinò ancora di più e allungò la testa all'altezza del suo petto. Sentiva il suono artificiale del respiro, alterato dai tubi attaccati alle macchine.

Si sollevò e gli accarezzò una guancia. Seguì la linea del viso, giù lungo il collo, fino al petto. Gli sfiorò il torace e fu in quel momento che si accorse di una cicatrice. Tra l'attaccatura della spalla e il petto c'era una lunga striscia di pelle più scura e in rilievo. Sembrava il segno lasciato da una bruciatura. Bianca avvicinò la mano e con la punta delle dita la percorse. Poi aprì il palmo e lo premette sulla pelle di Carlo.

All'improvviso sobbalzò. C'era qualcuno alle sue spalle. Si girò di scatto e vide una signora sulla sessantina, minuta e più bassa di lei. La donna le si avvicinò e scostò appena la mascherina dalla bocca.

«Tu devi essere Bianca, la figlia di Francesco Romeo», le disse piano, «conosco tuo padre da molti anni. Io sono Franca Tagano, la zia di Carlo».

Bianca si sentì avvampare, guardò Carlo poi di nuovo la donna. Non sapeva cosa dire e balbettò un «Buongiorno».

La donna le sorrise, poi si chinò verso Carlo e gli baciò delicatamente la guancia. Infine, tornò a guardarla.

«Abbiamo tante cose di cui parlare io e te», disse con una strana luce negli occhi.

Mezz'ora dopo Bianca e Franca Tagano erano sedute a un tavolo del bar dell'ospedale, sorseggiando un succo di frutta.

Bianca aveva ascoltato in silenzio, mentre la zia di Carlo aveva ricostruito la dinamica dell'incidente.

Carlo si era sentito male subito dopo averla portata fuori dall'appartamento in fiamme. Un infarto, grave e improvviso. Per fortuna le ambulanze erano già lì e i soccorsi erano stati immediati. Franca era stata avvisata da Daniel, che era accorso subito, rintracciato a sua volta da Julia. Daniel e la signora Tagano si conoscevano già, perché Carlo lo aveva mandato a riparare l'impianto elettrico a casa della zia tempo prima.

Franca Tagano era la sorella della madre di Carlo, l'unica parente che viveva a Roma. Non si era mai sposata e non aveva figli, ma era legata a Carlo da un affetto speciale.

Era una donna distinta, dai lineamenti decisi. Il viso allungato incorniciava due occhi scuri e profondi. Il naso lievemente incurvato le conferiva un'aria severa, ma il sorriso ampio e disinvolto restituiva al volto le dovute proporzioni.

«Conoscevo bene tua madre. Si può dire che eravamo amiche, anche se ci vedevamo poco, solo d'estate», disse la signora Tagano. «Tu non lo ricorderai, ma ero presente anche io al funerale. Per me la sua morte è stata un dolore enorme».

Bianca la ascoltò in silenzio. Era ancora scioccata per aver visto Carlo in quelle condizioni e l'ultima cosa che voleva era rievocare il funerale della madre. Prese il bicchiere e bevve un sorso di succo di frutta, mentre la signora Tagano riprendeva a parlare.

«Quando prima ho incontrato tuo padre al bar, mi sono proprio emozionata. Non lo vedevo da molti anni, ma poi ho capito che era qui per te. Che eri proprio tu la ragazza che Carlo aveva tirato fuori dal fuoco prima di sentirsi male». Sospirò e poi aggiunse: «E pensare che vi siete conosciuti più di vent'anni fa!».

Bianca la guardò perplessa e turbata. Di cosa stava parlando? Lei e Carlo si conoscevano? Forse non aveva capito bene, ma non aveva la forza di chiedere spiegazioni.

Aveva bisogno di stendersi, di riposare e di riflettere.

Mentre cercava una frase qualsiasi da dire, suo padre entrò nel bar. Bianca, felice di vederlo, gli fece un cenno con la mano.

La signora Tagano si voltò e lo salutò anche lei.

«Vi stavo cercando», disse il padre di Bianca, guardando la figlia con apprensione.

«Ciao Francesco, abbiamo chiacchierato un po'», disse la signora Tagano, «ma credo che ora Bianca sia stanca».

Bianca le sorrise e annuì. Si alzò, salutò la donna e si aggrappò al padre. Mentre camminavano verso l'ascensore, si sciolse in un pianto sommesso.

Il padre le accarezzò i capelli e la strinse a sé.

«Domani ti porto a casa con me. Ci farà bene stare un po' da soli, io e te».

13. Il coraggio di cambiare

Erano passati solo tre giorni da quando era uscita dall'ospedale. Ma a Bianca sembravano anni. Aveva accolto la proposta del padre e si era trasferita da lui per la convalescenza, nel piccolo casale rustico in Sabina dove viveva, tra colline verdi e querce secolari, e dove le giornate afose non finivano mai.

Bianca era seduta sotto la veranda, sul retro della casa. I piedi scalzi, abbandonati su una sedia di fronte a lei. Stava bevendo una bibita ghiacciata, mentre il sole, lentamente, cominciava la sua discesa verso l'orizzonte. Le cicale, tutt'intorno, cantavano incessanti, nascoste tra i rami degli alberi e tra i cespugli di rosmarino.

Bianca ascoltò quel suono ipnotico, l'annuncio dell'inizio dell'estate, di ore calde e oziose, di profumi aspri e di colori intensi. Respirò l'aria pulita. Le piaceva la campagna, anche se era certa di non essere tagliata per una vita lontana dalle grandi metropoli. Le servivano i rumori, il traffico, i locali affollati e i negozi sotto casa.

Suo padre era andato in macelleria a comprare la carne per la cena. L'aveva coccolata in quei giorni in cui erano rimasti da soli, più di quanto avesse mai fatto quando Bianca era bambina. Anche se negli ultimi tempi si erano parlati poco e visti ancora meno, suo padre la trattava come se avessero sempre vissuto insieme, sembrava felice di averla con sé e non perdeva occasione per dimostrarlo. Le aveva portato la colazione a letto ogni mattina, preparando fette di pane caldo con la marmellata e raccogliendo un fiore che le metteva accanto alla tazza del caffè. Erano andati a passeggio per i campi e in paese a fare compere. La sera prima avevano cenato a lume di candela, avevano bevuto vino rosso e poi si erano rilassati guardando la vallata, chiacchierando come due vecchi amanti.

Bianca era sorpresa nel vedere suo padre così disinvolto nel gestire le varie attività domestiche: si occupava della casa con cura e aveva imparato perfettamente a badare a se stesso. In tutti quegli anni, lontano dalla frenesia della città, aveva trovato il suo equilibrio e sembrava a suo agio in quel piccolo mondo provinciale e bucolico. E forse era anche felice. Chissà se sentiva ancora la mancanza della moglie, se pensava a lei, o se invece l'aveva dimenticata. Era vedovo ormai da tanto tempo ed era ancora un uomo con un certo fascino, avrebbe potuto trovarsi una compagna, o addirittura risposarsi, se lo avesse voluto. Sembrava così diverso ora, aveva l'aria meno cupa, un aspetto gentile e sereno. Forse era merito di una donna, una qualche signora del paese dalle curve generose e dalle guance rosee, che cucinava per lui e gli faceva compagnia. Tuttavia Bianca non riusciva a immaginarlo nelle vesti di amante. Non ci sarebbe stato niente di strano in fondo, ma era pur sempre suo padre!

Bevve un altro sorso della sua bibita e cercò di rilassarsi. Alzò il viso verso il sole, lasciando che i raggi la riscaldassero. La sensazione di calore allentò la tensione che le si era attorcigliata come una corda dietro alla nuca.

Era stata una giornata faticosa e si sentiva ancora scossa. Era andata in ospedale per farsi medicare la ferita e con la scusa era salita da Carlo. Lo aveva trovato nella stessa posizione di qualche giorno prima, pallido e addormentato. Gli aveva accarezzato le mani e il viso. Aveva pianto e lo aveva implorato di svegliarsi.

Il medico le aveva detto che c'erano stati dei lievi miglioramenti, che il cuore aveva ripreso a funzionare bene e che non sembravano esserci, al momento, danni cerebrali.

Bisognava solo aspettare. E ancora una volta, a distanza di anni dalla morte della madre, Bianca si era ritrovata a vivere nell'attesa, in bilico tra la rassegnazione e la speranza.

L'ultima volta le cose non erano andate bene e l'angoscia di vivere ancora il peso della perdita la paralizzava.

Uscita dall'ospedale, aveva incontrato Mario. Aveva insistito lui per vederla, era passato a prenderla ed erano andati a pranzo in un ristorante al Gianicolo.

Bianca aveva dovuto raccontargli, con non poca difficoltà, l'intera storia: dall'incontro con Julia in chiesa, alla decisione di portarla a casa sua, l'intervento di Carlo e l'incidente finale a casa della signora Vincenzi.

Mario aveva ascoltato il racconto con freddezza, senza mostrare alcun tipo di coinvolgimento. Le tracce di fragilità, che Bianca aveva intravisto in lui la sera in cui tutto era accaduto, sembravano svanite. Mario era tornato quello di sempre, cinico e pragmatico. Continuava a non capire perché Bianca si fosse presa a cuore quella mendicante, tanto da portarsela dentro casa. L'aveva rimproverata anche: che comportamento sciocco che aveva avuto, quella donna avrebbe potuto derubarla, aggredirla, ricattarla. Aveva agito con estrema leggerezza e immaturità.

Continuava a parlarle come un padre ferito, rinfacciandole di non averlo chiamato subito dopo l'accaduto. In effetti, aveva saputo del suo ricovero in ospedale da Corinne solo parecchie ore dopo.

All'improvviso Bianca non era più riuscita a trattenersi, l'aveva interrotto e poi con molta freddezza gliel'aveva detto.

«Mario, è finita. Io non ti amo più».

Lui l'aveva guardata sospeso tra lo stupore e lo sdegno, poi, vedendola seria e inespressiva, aveva ammorbidito i modi, prendendole la mano e provando ad attribuire quel suo stato d'animo al brutto incidente.

«L'incidente non c'entra niente», gli aveva risposto Bianca con tono piatto. «Sono sicura di quello che dico. Ti sto lasciando per sempre».

Mario aveva appoggiato la schiena all'indietro e l'aveva guardata senza dire più una parola. Tra loro era calato un silenzio pesante, un muro li separava ormai irrimediabilmente. Erano rimasti immobili, finché Bianca non aveva ripreso a parlare, lentamente e a voce bassa.

«Mario, non mi ami più neanche tu. Perché dobbiamo continuare a fingere l'uno con l'altra?». Poi aveva aggiunto una frase che non avrebbe mai immaginato di pronunciare. «Torna da Valentina, rimetti insieme i pezzi del tuo matrimonio, passa più tempo con tuo figlio e dedicati alle cose vere della vita. Non siamo eterni Mario, ci meritiamo di più. Io mi merito di più e voglio crederci».

Lui non aveva detto niente. Aveva abbassato gli occhi sulla tovaglia di lino bianco, e non si era mosso neanche quando Bianca si era alzata e si era allontanata, lasciandolo solo.

Mentre guardava la luce calda del sole illuminare la campagna, pensò che la sua storia d'amore era davvero finita. Tuttavia invece di sentirsi triste, provava un certo sollievo. Si sentiva svuotata e disorientata, ma più forte. Pensò che il secondo passo fosse lasciare il lavoro. Doveva interrompere qualsiasi contatto con Mario, ed era arrivato il momento giusto per farlo.

L'assalì ancora l'immagine di Carlo disteso nel letto di ospedale e desiderò poter fare qualcosa per lui. Solo che non poteva che dedicargli i suoi pensieri.

Sentì il rumore di una macchina entrare nel vialetto di casa, le ruote calpestare rumorosamente la ghiaia. Bianca scattò in piedi, doveva essere Corinne. Finalmente era arrivata. Bianca girò intorno alla villa e raggiunse il parcheggio. Corinne scese dalla macchina e corse ad abbracciarla, saltellando sui tacchi.

«Ma questo posto è un paradiso», disse guardandosi intorno. Se non fosse per la polvere e per le zanzare potrei pensare di trasferirmi qui per sempre», concluse sfoderando uno dei suoi sorrisi allegri.

Bianca le diede un colpetto scherzoso sulla spalla e poi le mostrò il resto della tenuta.

«Come ti senti, tesoro? Ti hanno medicato la ferita?», chiese Corinne mentre entravano in cucina. Si misero a sedere intorno al grande fratino di legno massiccio sistemato in mezzo alla stanza.

«Sì, tutto a posto, la settimana prossima mi toglieranno i punti», Bianca sfiorò con la punta delle dita il grosso cerotto vicino alla tempia. Un fastidioso prurito formicolava sotto alla garza ruvida.

«E per il resto?», chiese Corinne con aria indagatoria.

Bianca sospirò, non aveva voglia di parlare di Mario. In realtà non aveva voglia di parlare di niente che riguardasse la sua vita, in quel momento.

Ma Corinne aspettava una risposta.

«Ho rotto definitivamente con Mario», dichiarò infine.

«Hai fatto la cosa giusta, tesoro», disse Corinne cercando le mani dell'amica. I suoi occhi assunsero un'espressione dolce e calda che Bianca non aveva mai notato. Restò per qualche secondo a contemplarla, il viso magro e lungo, la bocca grande, troppo rispetto ai lineamenti piccoli e ossuti del resto del volto, incorniciato da folti capelli scuri. Aveva qualcosa di fiabesco nei tratti e Bianca la immaginò come un piccolo elfo, energico e scattante, tra i rami di un fitto bosco. Il pensiero la fece sorridere.

Corinne ricambiò il sorriso, quasi le avesse letto nel pensiero.

«E ora... dobbiamo pensare al tuo futuro!», esclamò infine trionfante.

«Cosa proponi?», chiese Bianca sarcastica.

«Ancora non lo so... ma appena mi viene un'idea te la dico», ribatté Corinne con tono misterioso. Le due amiche scoppiarono in una gran risata.

«Che bello, un po' di allegria in questa casa!». Il padre di Bianca si affacciò in cucina dalla porta esterna.

Bianca sobbalzò. «Papà, non ti ho sentito arrivare». Si girò verso Corinne e la presentò: «Lei è una mia cara amica, è venuta a trovarmi».

Corinne si alzò e strinse la mano al padre di Bianca.

«Si ferma per cena spero, stasera prepariamo carne alla brace!», le disse lui in tono trionfante, mostrando a entrambe i sacchetti della macelleria.

«Certo perché no», rispose Corinne con la sua solita naturalezza.

«Ho invitato anche Franca Tagano, spero non ti dispiaccia», disse in tono sbrigativo, voltandosi verso la figlia.

Bianca provò un fremito in fondo al cuore nel sentir nominare la zia di Carlo, ma poi scosse il capo in fretta. «No, figurati, mi fa piacere», concluse, abbassando lo sguardo.

Suo padre sorrise compiaciuto e continuò: «Mi ha detto che sarebbe venuta con la pronipote, la figlia di Carlo. È sotto choc per quanto è accaduto e Franca vuole cercare di distrarla il più possibile».

Dunque avrebbe rivisto Martina, pensò Bianca, sentendo l'ansia galopparle in petto. Stava per dire a suo padre che non era il caso di invitare tutta quella gente a cena, che non era dell'umore giusto per socializzare e sostenere conversazioni impegnative, quando Corinne intervenne.

«Che bella idea! Sarà una buona occasione per cercare di distrarci tutti», disse, lanciando un'occhiata complice al padre della sua amica. «E per l'occasione, preparerò qualcosa di buono da bere per l'aperitivo!», concluse con disinvoltura.

«Bene! Il mio bar è a tua completa disposizione», disse il padre di Bianca, passando con disinvoltura al tu e mostrando a Corinne l'armadio degli alcolici.

Bianca sospirò rassegnata e si forzò di sorridere.

Arrivarono alle otto in punto. Bianca sentì le voci dalla sua camera da letto. Si era fatta da poco la doccia e stava finendo di vestirsi. Era nervosa e prendeva tempo spalmandosi lentamente la crema sulle gambe. Si vestì con calma e infine si guardò a lungo nello specchio, indecisa se legarsi i capelli o lasciarli sciolti.

Quando finalmente si decise a scendere di sotto, le mani le sudavano e un leggero mal di testa le pulsava vicino all'occhio. Fece qualche gradino, ma poi pensò di risalire.

Proprio in quel momento apparve Corinne. «Eccoti qui, ma quanto c'hai messo a prepararti?». Bianca restò a guardarla con aria colpevole.

Corinne le prese il braccio e la spinse giù per le scale.

«Dài, sbrigati, devi provare il mio mojito, fatto con la menta che ho raccolto con tuo padre in giardino».

Bianca non oppose resistenza e si lasciò trascinare in salone.

La signora Tagano, in un elegante vestito nero, chiacchierava con suo padre sorseggiando il mojito, mentre Martina, seduta sul divano, sfogliava un libro di fotografia.

Bianca deglutì e avanzò verso di loro.

«Buonasera», disse incerta.

La signora Tagano l'abbracciò con naturalezza. «Lei è Martina, la figlia di Carlo», disse indicandola.

«Ci conosciamo», si affrettò a replicare Bianca, cercando di sorridere.

Martina posò delicatamente il libro sul divano e si alzò voltandosi a guardare Bianca.

I suoi occhi grandi e intensi la colpirono ancora una volta.

Bianca le si avvicinò. «Sono felice di rivederti, mi dispiace solo che sia dovuto accadere in questa circostanza».

Martina abbozzò un sorriso, ma non disse niente. Si avvicinò al tavolo e si versò da bere. Bianca si sentì avvampare e le pulsazioni alla tempia si fecero più insistenti.

Corinne, fiutando l'imbarazzo generale, si affrettò a riempire fino all'orlo i bicchieri di tutti. Bianca bevve due grossi sorsi di superalcolico che scesero svelti nel suo stomaco vuoto. Si lasciò scivolare sul divano dove poco dopo la raggiunse Corinne, la quale le fece l'occhiolino sfoggiando un sorriso rassicurante.

«Vado a controllare la carne», disse il padre di Bianca, «non vorrei che si bruciasse».

«Vengo ad aiutarti», si offrì la signora Tagano, poggiando il suo bicchiere sul tavolo e seguendolo fuori in giardino. Bianca la osservò. Aveva un modo di fare premuroso nei confronti di suo padre e c'era nei loro sguardi un'affettuosa complicità. Bianca bevve un altro sorso di mojito e cercò di tranquillizzarsi. Corinne si era allontanata per fare una telefonata.

Martina, invece, si era seduta sul divano di fronte a lei ed era ancora in silenzio. Stava tormentando con le mani un piccolo ciondolo che aveva legato al collo.

Bianca pensò disperatamente a qualcosa da dire, ma aveva la mente come annebbiata. Avrebbe voluto chiederle di Carlo, se lo aveva visto, come le era sembrato e cosa avevano detto i medici di nuovo. Ma non si sentiva ancora in confidenza con la ragazza e il suo mutismo la inibiva.

«Il gatto sta bene», disse dal nulla Martina rompendo il silenzio.

Bianca la guardò interrogativa.

«Il gatto della signora Vincenzi», continuò lei più tranquilla. «Sono andata a trovarla ieri e ho visto il gatto».

Bianca restò immobile. Il pensiero del gatto le fece tornare alla memoria il fuoco, il fumo e la sensazione di soffocamento. Suggestionata da quei ricordi, diede un piccolo colpo di tosse.

«Pensavo potesse farti piacere sapere che il gatto sta bene, d'altronde è grazie a te, l'hai salvato tu», disse ancora Martina mentre gli occhi le luccicavano.

Bianca si alzò e andò a sedersi vicino alla ragazza, voltandosi per guardarla in viso. «Grazie», le disse con un filo di voce, «vedrai che andrà tutto bene, si salverà anche tuo padre, ne sono certa», aggiunse, cercando di sembrare convinta.

Sentì una tenerezza materna nei confronti di quella ragazzina dall'aria smarrita. Bianca sapeva esattamente quello che Martina stava provando, anche in quel preciso istante. Quella terribile angoscia che deriva dal sentirsi impotenti di fronte alla realtà, il peso delle ore che passano inesorabili e il bruciore degli occhi stanchi di lacrimare. Lo aveva provato anche lei.

«Sai, è strano pensare che solo qualche ora prima che entrasse in coma eravamo seduti a cena, insieme, e chiacchieravamo del più e del meno», disse Martina con voce tremante. «Se lo avessi saputo gli avrei detto di più, gli avrei fatto capire quanto gli voglio bene». Era sul punto di piangere, Bianca se ne accorse e fu sopraffatta dal panico. Non riusciva a trattenersi più neanche lei, respirava a fatica e un calore intenso le saliva dal petto.

In quel momento ricomparve Corinne.

«Ragazze, siamo pronti per mangiare!», disse con voce squillante.

Grata per quell'interruzione, Bianca riuscì a riprendere il controllo della situazione, afferrò decisa la mano di Martina e l'aiutò ad alzarsi.

«Andiamo a mangiare».

Uscirono in giardino e si misero a tavola. Due candele ai lati della tovaglia rendevano l'atmosfera calda e piacevole. Bianca aprì il vino rosso mentre la signora Tagano riempiva i piatti di salsicce e bistecche alla brace.

Non aveva molta fame, ma si sforzò di finire quello che aveva nel piatto per compiacere suo padre, che si era dato tanto da fare per organizzare la cena.

Il vino rosso, unito all'aperitivo, aveva sciolto la tensione e la conversazione aveva preso toni più distesi e vivaci.

La signora Tagano e suo padre non facevano che rievocare allegramente episodi della loro gioventù, dei tempi in cui entrambi frequentavano il liceo e s'incontravano durante le feste di paese. A sentirli raccontare sembravano aver vissuto cento vite, in altrettanti posti diversi.

Bianca li ascoltava divertita e pensò che certe volte il potere dei ricordi è benefico e necessario.

Pensò ai suoi ricordi felici, quelli legati alla sua infanzia, a quando sua madre era ancora con loro. Era sempre stata così presente nella sua vita, un punto di riferimento incrollabile. Sua madre era la sola persona che l'avesse mai capita veramente, intuiva le cose prima ancora che Bianca gliene parlasse, notava i suoi cambi d'umore e sapeva come tirarle su il morale. Sperava un giorno, se mai avesse avuto una figlia, di avere con lei lo stesso rapporto di amore e complicità avuto con sua madre.

Dopo aver mangiato in silenzio la crostata di crema e fragoline di bosco, che aveva portato la signora Tagano, suo padre si accese la pipa e il fumo salì denso verso il cielo. L'odore di tabacco raggiunse le narici di tutti i commensali.

Bianca socchiuse gli occhi e inspirò profondamente.

Era una bella serata e un lieve venticello faceva ondeggiare le cime degli alberi.

Guardò la signora Tagano che continuava a sorseggiare vino nella penombra. Aveva l'aria stanca, il volto segnato dalle lunghe giornate passate in ospedale, ma nonostante tutto manteneva una sua naturale compostezza. Era truccata e curata, i capelli in ordine e indossava un vestito elegante.

Era sicuramente molto preoccupata per la condizione del nipote, eppure riusciva ad apparire calma e distaccata. La prima volta che Bianca l'aveva vista in ospedale, la sua corporatura minuta l'aveva ingannata, facendola sembrare una donna fragile, ma era bastato parlarci per capire che dietro ai tratti esili si nascondeva un temperamento forte e determinato. Era lei che stava gestendo la situazione in ospedale, che consolava Martina e inviava continuamente notizie ai genitori di Carlo vecchi e malati che non potevano muoversi per andare a Roma. La sua forza d'animo era invidiabile.

«Carlo sarebbe sorpreso e felice di trovarci a cena tutti insieme», disse d'un tratto la signora Tagano, guardandosi intorno. «Ci sono almeno tre generazioni diverse sedute intorno a questo tavolo, eppure abbiamo chiacchierato e riso come dei vecchi e buoni amici. Se Carlo fosse qui brinderebbe alla nostra salute», continuò, alzando lievemente il suo calice in aria.

Bianca sorrise e osservò Martina, seduta accanto a lei. Il suo dolce era quasi intatto nel piatto.

«Brindiamo a Carlo», disse Corinne in modo solenne, facendo tintinnare il suo bicchiere contro quello della signora Tagano. Si aggiunse anche Bianca, poi suo padre e infine Martina.

«Ho chiesto a un prete, mio amico da molti anni, di celebrare una messa per Carlo, nella cappella dell'ospedale domani», disse ancora la signora Tagano. «Mi farebbe piacere se veniste anche voi», concluse rivolgendosi direttamente a Bianca.

Quest'ultima abbassò lo sguardo. «Lei crede davvero che servirà a qualcosa?».

Era una domanda provocatoria e si pentì quasi subito di averla fatta. Sperò che la signora Tagano non si fosse offesa.

«Bianca, ne sono certa. Dobbiamo avere fede, solo così possiamo aiutare Carlo», rispose Franca Tagano in tono risoluto. «Dobbiamo sperare e non smettere mai di lottare per lui».

Le brillavano gli occhi e Bianca ebbe la sensazione che volesse dirle di più.

Girò di scatto lo sguardo verso la vallata. Il cielo scuro sopra le loro teste si schiariva all'orizzonte e le luci del paese vibravano in lontananza. Una civetta, da qualche parte, sembrava cantasse per loro.

«Si è fatto tardi», disse Franca, alzandosi. «Martina, sarà meglio che ci rimettiamo in macchina».

Si alzarono tutti da tavola, appesantiti dalla carne e da una nota di malinconia.

«Grazie di tutto», fece Martina, stringendo la mano di Bianca. Gli occhi arrossati risaltavano contro il pallore del suo viso. Bianca le trattenne la mano e le si avvicinò. «Se ti serve qualsiasi cosa, io ci sono, hai capito?».

Martina annuì, guardandola con gratitudine.

Poi le raggiunse la signora Tagano.

«Allora spero di vederti domani», disse, mettendo un braccio intorno alle spalle della nipote. «Probabilmente verranno anche Daniel e Julia. Ora sono insieme alla casa d'accoglienza».

Bianca fu grata alla signora Tagano per quella notizia. Aveva pensato a Julia continuamente negli ultimi giorni ed era ansiosa di rivederla. Quella ragazza, sbucata dal nulla, aveva segnato una svolta nella sua vita. E anche se le cose non erano andate tutte nella giusta direzione, Bianca sentiva che era stato quell'incontro a liberarla e a farle scoprire una forza che non sapeva di avere.

Accompagnò le due donne alla macchina e restò a guardare finché l'auto non sparì oltre il cancello d'ingresso, inseguita da una grande nuvola di polvere grigia.

14. Ricordi bloccati

Bianca sparecchiò la tavola e sistemò la cucina, aiutata da Corinne. Aveva bevuto troppo vino e un leggero capogiro le offuscava la vista.

«Fumo l'ultima sigaretta e mi rimetto in macchina anch'io», disse Corinne, frugando nella sua borsa. «Mi fai compagnia?», chiese a Bianca, indicandole la porta.

Uscirono in giardino, il buio fitto della campagna le avvolse come una coperta. Bianca provò un senso d'inquietudine, erano così isolati e lontani da tutto.

Corinne si accese la sigaretta, mentre Bianca si lasciò cadere su una sedia. Piccole lucciole apparivano e sparivano a intermittenza nell'oscurità. Il silenzio fu interrotto dalla vibrazione del cellulare, che Bianca aveva abbandonato sul tavolo.

Lo prese, era un messaggio di sua sorella che le augurava la buonanotte, promettendole che sarebbe andata a trovarla presto, non appena fosse riuscita a staccare per qualche giorno dal lavoro. Bianca rispose al messaggio e poi lasciò scivolare il telefono nella tasca dei pantaloni.

«Andiamo insieme, domani?», disse Corinne.

«Dove?», chiese Bianca corrucciando la fronte.

«In ospedale, alla messa per Carlo. Non fare la finta tonta», disse alzando gli occhi al cielo.

Bianca sbuffò. «Non ti ci mettere anche tu ora!».

«Secondo me è una bella cosa. Ma poi non hai detto che l'altra sera eri dentro una chiesa, che è lì che hai conosciuto quella ragazza? Per me è un segno!», concluse Corinne aspirando un ultimo tiro di sigaretta.

Bianca scosse la testa rassegnata, anche se qualcosa nelle parole di Corinne le suonava giusto.

«Vabbè dormici su, io ora vado». Corinne spense la sigaretta e raccolse le sue cose.

Le si avvicinò e le stampò un grosso bacio sulla fronte. «Non ti muovere, conosco la strada. Ci sentiamo domani, va' a dormire adesso».

Bianca l'abbracciò. «Grazie di tutto».

Restò qualche secondo a fissare il buio, le sembrò di sentire qualcosa muoversi tra i cespugli, in lontananza. Si sporse in avanti guardando oltre la collinetta sulla quale era arroccata la casa. La vallata si estendeva silenziosa tra alberi, strade di campagna e campi coltivati. Sembrava tutto immobile e definitivo.

Bianca si decise a rientrare a casa. Andò in salotto e trovò suo padre sonnecchiante sul divano, davanti alla televisione, con la pipa che gli penzolava fra le labbra.

Si sedette accanto a lui e poggiò la testa sulla sua spalla. Lui sobbalzò lievemente e le sorrise. Rimasero così per qualche minuto.

«Papà, stavo pensando che dovremmo organizzare una vacanza, io, tu e Chiara. È da troppo tempo che non stiamo tutti insieme».

«È una buona idea», rispose lui. «Dove ti piacerebbe andare?»

«Da qualsiasi parte, basta che sia vicino al mare». Bianca fece una pausa, poi aggiunse: «Credo che dovremmo tornare in Calabria, sistemare la vecchia casa dei nonni, renderla di nuovo abitabile. È un posto così bello». Suo padre restò qualche secondo in silenzio, come se stesse assorbendo il senso delle sue parole.

«Non è una cattiva idea», disse infine.

Bianca si tirò su, lo guardò e gli diede un bacio sulla guancia.

«La mamma ne sarebbe contenta, ne sono sicura».

Il padre di Bianca si voltò verso la televisione accesa, ma il suo sguardo puntava oltre lo schermo. Sembrava perso in chissà quale pensiero o ricordo, e Bianca per un attimo si pentì di aver tirato fuori l'argomento.

Ma poi lui riprese a parlare. «A tua madre piaceva moltissimo il mare e le piaceva quella casa». Indicò la finestra. «La vedi quella cassapanca sotto alla finestra?».

Bianca guardò in quella direzione.

«Dentro c'è una scatola in cui ho raccolto fotografie, collane, orecchini e altri piccoli oggetti che tua madre aveva lasciato al mare. Compresa la sua bellissima collezione di conchiglie».

Bianca s'incantò a fissare il vecchio mobile.

«Domani la tiriamo fuori e te la faccio vedere», disse suo padre sbadigliando. «Che ne dici se ora andiamo a dormire? È stata una giornata lunga».

Bianca era d'accordo. Chiusero tutte le porte e spensero le luci. Prima di salire le scale verso la camera da letto, Bianca si voltò a guardare la cassapanca di legno scuro e con il pensiero mandò la buonanotte a sua madre.

Si spogliò e si sdraiò. Le girava ancora la testa. Fissò il soffitto bianco, illuminato dalla luce fioca del lume sopra al comodino, cercando di mettere a fuoco un punto preciso. I suoi occhi si soffermarono sull'angolo destro del muro. Un ragno dalle gambe lunghe e sottili camminava, indisturbato, a testa in giù. Bianca l'osservò, mentre silenzioso e meticoloso sceglieva il punto esatto per tessere la sua tela. Poi il ragno s'immobilizzò. Bianca tenne gli occhi puntati sull'insetto. Temeva che, da un momento all'altro, potesse staccarsi dal soffitto e cascarle in testa.

Ma mentre lo fissava, gli occhi le si appesantirono e le palpebre cominciarono a cedere alla stanchezza. I contorni della stanza iniziarono a sfumare e il corpo nero dell'insetto si fece sempre più piccolo e distante. Fino a sparire completamente dietro alla parete del sonno.

Bianca si svegliò di soprassalto. La luce del comodino era rimasta accesa. Guardò il soffitto, il ragno non c'era più. L'orologio segnava le quattro e mezzo.

Era sudata e aveva il respiro affannato. Aveva fatto un sogno, ma non riusciva a ricordarlo. L'unico dettaglio di cui era certa era la presenza di sua madre. Si mise a sedere sul letto, poi intontita e assetata si alzò e uscì dalla stanza.

Passò davanti alla camera di suo padre. La porta era socchiusa e dall'interno proveniva un lieve russare.

Scese le scale e andò in cucina, riempì un bicchiere d'acqua fredda e lo bevve avidamente. Si guardò intorno, la casa era avvolta nel silenzio. Un'ondata di ansia la attraversò e il cuore cominciò a batterle più velocemente. Fece un grosso respiro e andò a sedersi in salotto. Rimase in ascolto. Il ticchettio dell'orologio a pendolo l'aiutò a calmarsi e riportò il battito del suo cuore alla normalità.

Non aveva più sonno. Pensò di accendere il televisore per distrarsi, ma si ritrovò a fissare la cassapanca sotto alla finestra. Scattò in piedi e senza pensare, in preda a un inspiegabile impeto, si avvicinò al mobile.

Il legno, invecchiato dal tempo, scricchiolò, e un odore di muffa si sprigionò nell'aria. All'interno c'erano fiori secchi e candele profumate, piccoli libri e carte da gioco sparse. Una grossa scatola di cartone giaceva sul fondo del mobile. Bianca la tirò fuori a fatica, portandosi dietro batuffoli di polvere. La poggiò per terra e alzò il coperchio.

La prima cosa che vide fu un mazzo di fotografie, tenute insieme da un elastico. Ritraevano sua madre e suo padre giovani, in spiaggia, sotto l'ombrellone o in riva al mare. In una, sua madre in costume da bagno era incinta e suo padre, scherzosamente, era chinato su di lei con l'orecchio poggiato sulla sua pancia. C'erano anche foto dei suoi nonni e di lei e sua sorella piccole.

Bianca rimise l'elastico intorno alle foto e tirò fuori dalla scatola un contenitore di plastica. Dentro c'erano le conchiglie di sua madre, di varie forme, dimensioni e colori. Bianca le passò in rassegna a una a una.

Ricordava perfettamente il mobile alto e stretto, di legno chiaro, che le aveva ospitate nel salone della casa al mare. Su ogni ripiano erano allineate le conchiglie. In alto quelle più grandi, poi quelle medie e sull'ultimo ripiano le più piccole. Tra quelle più minuscole, ce n'erano molte che Bianca e sua sorella avevano raccolto sulla sabbia negli anni e che la mamma, per farle felici, aveva esposto insieme alle altre.

Bianca rigirò tra le mani una grossa conchiglia rosata, dall'interno perlaceo. Se la portò all'orecchio e ascoltò il rumore del mare. Era incredibile come l'eco rinchiuso in quel guscio assomigliasse davvero alla risacca delle onde.

Chiuse gli occhi e immaginò quelle onde alte e rumorose avanzare energiche verso terra, schiantarsi sulla riva e allungarsi svelte sulla sabbia, risucchiando avidamente ogni cosa. Più di una volta nella sua vita si era sentita proprio come una conchiglia sulla sabbia, che all'improvviso si ritrova in balia del mare, sballottata dalle onde.

Riaprì gli occhi, ripose le conchiglie nel contenitore di plastica e poi sbirciò ancora dentro allo scatolone. C'erano collane con pietre colorate e bracciali di osso, sparsi qua e là. Bianca ne provò qualcuno.

Poi il suo sguardo fu attirato da un piccolo sacchetto di velluto blu scuro, stipato in fondo alla scatola. Lo prese e lasciò scivolare il contenuto sul palmo aperto della sua mano.

Era un rosario dai grani azzurri, trasparenti. Bianca lo osservò e lo riconobbe. Sua madre lo usava spesso per pregare e lo portava con sé ovunque.

Bianca se lo accostò alle labbra e lo baciò. Le sembrò di sentire il profumo di sua madre, impresso su quelle piccole pietre. Poi se lo mise al collo e lo accarezzò.

Fu in quel momento che, come un sasso, la colpì un ricordo che arrivava da molto lontano. Rivide se stessa da bambina, nella casa al mare, sdraiata sul letto in camera dei genitori mentre fissava il rosario sul comodino. Sentì la stanchezza e la confusione di quella mattina d'estate di molti anni prima. L'aria afosa e il tempo immobile avvilupparla come una larva. Rivide sua madre preoccupata e premurosa, accarezzarle il viso e baciarle la fronte.

Cos'era successo? Non riusciva a ordinare le sensazioni secondo un filo logico, eppure riaffioravano violente. Bianca chiuse gli occhi, sprofondò faticosamente nelle paludi dei suoi ricordi.

Rimase immobile, inginocchiata davanti alla cassapanca. Immagini lontane e spezzettate si accalcavano impetuose davanti ai suoi occhi, come fotografie sbiadite rinchiuse in un vecchio album dei ricordi.

Una figura divenne più nitida delle altre, i contorni improvvisamente familiari. Era il volto di Carlo.

Bianca si rivide mentre camminava scalza sulla sabbia bagnata, gli occhi rivolti verso il mare e verso la barca della Madonna. Poi vide delle fiamme, la gente che urlava. Il vento e il velo della Madonna che volava alto verso di lei, e verso Carlo.

Bianca si mise le mani sugli occhi. Cosa le stava succedendo?

Era sconvolta, dopo tanti anni tutto si stava ricomponendo. Frammenti di vita che la sua mente aveva rimosso riaffioravano ora in superficie come piume leggere.

Bianca si sdraiò all'indietro sul pavimento freddo. Il suo respiro risuonava nel silenzio della casa.

Era stato quel velo a salvare Carlo. Ed era stato quel velo a guidarla per tutto quel tempo, in tutti quegli anni. L'aveva portata da lui, aveva fatto in modo che si rincontrassero. Se ne convinse, mentre stringeva il rosario tra le mani e sentiva che sua madre in quel momento era lì con lei.

Si rialzò in piedi traballante, raccolse le forze e corse su per le scale, in camera da letto. Si vestì in tutta fretta, poi si sciacquò il viso e si pettinò i capelli. Ora sapeva quello che doveva fare.

Tornò di sotto, scrisse su un foglio un breve messaggio per suo padre e prese le chiavi della macchina.

Fuori era ancora buio e l'aria era frizzante. Si allacciò la felpa fino alla gola, entrò in macchina e mise in moto. Il motore ruggì e Bianca temette di svegliare suo padre, ma non poteva fermarsi. Guidò piano lungo il vialetto che portava fuori, oltre il cancello di casa, poi attraversò le strade di campagna. Imboccò l'autostrada e guidò verso la città. Le vie erano ancora deserte e i semafori lampeggiavano sull'arancione.

Quando arrivò davanti all'ospedale, l'alba stava facendo capolino da dietro ai palazzi.

Bianca entrò di corsa e si diresse verso l'ascensore. Doveva vedere Carlo, ancor di più ora che sapeva e che ricordava.

Non c'era molta gente in giro per i corridoi a quell'ora. Entrò nel reparto di rianimazione e ancora una volta convinse un infermiere, impietosito dal suo racconto, a lasciarla entrare. Indossò il camice e la mascherina e finalmente si trovò davanti al letto di Carlo. Lo guardò, mentre l'emozione le riempiva gli occhi di lacrime. Il suo viso le sembrò più colorito rispetto all'ultima volta che lo aveva visto e Bianca lo interpretò come un buon segno. Tirò fuori il rosario dalla tasca e lo avvolse intorno al polso di Carlo. Poi prese la sua mano e la strinse. Le lacrime scendevano ormai incessanti sulle sue guance, e Bianca non le tratteneva più. Con un movimento leggero si avvicinò alla bocca di lui e sfiorò lievemente le sue labbra. Il tubo di plastica era sempre infilato nella gola.

Una corrente silenziosa passò tra le loro bocche, portandosi dietro tutti i pensieri rimasti senza parole e i ricordi bloccati nelle profondità del passato.

Poi Bianca si staccò dal viso immobile di Carlo. Il silenzio che avvolgeva il suo corpo sembrava meno cupo e profondo. Si asciugò le lacrime con la manica della felpa, poggiò la guancia sul suo petto e chiuse gli occhi. Si sentiva meglio, alleggerita e piena di speranza, fiduciosa che prima o poi Carlo si sarebbe svegliato.

Mentre fuori di lì, nelle case, la gente cominciava una nuova giornata, lei rivolse un'ultima, sommessa, preghiera alla sua Madonna. Rimase ancora qualche secondo immobile, sul corpo inerme di Carlo. Poi le sembrò di sentire un movimento sotto di sé, si alzò di scatto e fissò le mani di Carlo. Erano ferme. Guardò il suo volto addormentato e sperò che aprisse gli occhi. Ma le palpebre rimasero abbassate.

Si girò verso la finestra, uno stormo di uccelli volò

compatto davanti al vetro. Quelle piccole macchie scure nel cielo sembravano inseguire le nuvole, sempre più in alto, sempre più lontano.

Fino a che Bianca le vide sparire oltre l'orizzonte.

15. Né vita, né morte

Quello che percepiva di più erano le ombre intorno a sé, che tuttavia non riusciva a distinguere. Gli apparivano in certi momenti, come lampi improvvisi, ma non bruschi o violenti. Fasci di luce lievi e sinuosi, quasi fossero una melodia leggera, proveniente da chissà dove.

E, ogni tanto, gli sembrava di sentire il vento, una corrente d'aria energica che s'intrufolava sotto le lenzuola e gli solleticava il corpo provocandogli piccole scosse di piacere. Non avrebbe saputo individuare in quale punto esatto del suo corpo avvenisse, ma lo sentiva. Non riusciva più a distinguere le gambe dalle braccia, o le dita dei piedi da quelle delle mani. Sapeva di avere occhi e orecchie, ma non li avvertiva e non gli sembrava possibile che potessero funzionare.

Percepiva il suo corpo come un blocco unico e compatto, un pezzo di marmo immobile e pesante.

Sapeva di essere vivo, o per lo meno pensava di non essere morto. Immaginava che la morte dovesse essere qualcosa di più netto, di più spirituale. Ma non poteva esserne sicuro, e infatti non si sentiva veramente né vivo, né morto. Solo immobile, ma capace di sentire.

Avvertiva qualcosa sotto di sé, come una parete alla

quale era appoggiato. E la forza di gravità che lo teneva ancorato a terra. In certi momenti la sensazione era quella di sprofondare, come risucchiato nel ventre di un enorme animale. Spariva nel buio, sotterrato e dimenticato. Riemergeva all'improvviso, dopo un tempo indecifrabile, senza sapere né perché, né come.

Ritornava in superfice grazie a una luce o a un rumore. A volte bastava il ticchettio di gocce d'acqua ad attirarlo, altre volte un rumore più sordo e ferroso, come di oggetti che si scontrano.

Ed era in quegli istanti, quando riemergeva dall'oscurità, che percepiva il movimento intorno a sé. E avrebbe voluto gridare, per attirare l'attenzione, per far capire a chiunque fosse lì che lui c'era, li sentiva. E che voleva essere aiutato. Ma nessuno sembrava capirlo.

Si sentiva solo e stanco di aspettare. Il tempo in quel mondo di mezzo sembrava essersi fermato, non sapeva mai se era notte oppure giorno. A volte le ombre che si aggiravano sopra di lui prendevano i contorni di esseri umani. Facce, corpi, colori che piano piano diventavano sempre più nitidi. Ma proprio mentre stava per afferrare quelle figure, trattenerne anche solo una nella sua testa, si dissolvevano nel nulla, tutte insieme, come in una gigantesca esplosione. E lui tornava nel buio e nella solitudine.

Finché a un certo punto sentì un peso sul suo corpo. Non qualcosa di fastidioso, ma una pressione lieve, quasi una carezza. E sentì una voce, ovattata e lontana, ma costante. Si aggrappò a quel suono, spaventato all'idea di perdersi ancora nel silenzio grigio che lo affossava.

Di chi era quella voce? Da dove gli parlava? Si sforzava di capire, di reagire, di intercettare le parole. Ma la testa gli ronzava e il corpo non rispondeva agli impulsi che quel suono gli procurava.

Tentò di concentrarsi su se stesso, sul quel corpo rigido che non gli apparteneva più.

Pensò alle sue mani, alle dita lunghe e al palmo ampio. Avevano toccato e afferrato, lavorato e consolato. Poteva muoverle, doveva solo volerlo. Ma non ci riusciva, qualcosa lo tratteneva da dentro e lui non era abbastanza forte.

La voce cessò, sentì dei passi, il rumore di una finestra che si apriva, l'aria di un giorno fresco. Movimenti intorno a lui, spostamenti di corpi svelti e fruscianti.

Li sentiva, ora, così vicini. Forse sognava la vita. La desiderava con tutto se stesso.

«Carlo, mi sente? Carlo…». Una voce di donna, vicinissima. E quello era il suo nome, lo riconosceva.

«Che succede?», disse una seconda voce, più bassa. Forse di un uomo.

«Il monitor manda segnali incoraggianti». Silenzio.

«Bene. Sta reagendo molto bene!». Altro silenzio.

L'infermiera sorrise soddisfatta, poi spostò le lenzuola e iniziò a detergere delicatamente il corpo nudo del paziente. La pelle secca assorbiva il liquido avidamente. Quando ebbe finito, la donna lo ricoprì, sistemò le lenzuola sotto al materasso e i cuscini dietro alla nuca.

Controllò la boccetta attaccata alla flebo e poi andò verso la finestra che aveva aperto qualche minuto prima. Si sporse lievemente fuori e prese una boccata d'aria. Chiuse le ante, raccolse la bacinella con le pezze bagnate e dopo aver dato un'ultima occhiata al suo paziente uscì, mentre il silenzio riconquistava lo spazio asettico della stanza.

Epilogo. Bisognerebbe che accadesse un miracolo

Il taxi si fermò al lato della strada. L'acquazzone del pomeriggio aveva allagato la città. Rigagnoli d'acqua serpeggiavano incessanti lungo i bordi dei marciapiedi.

L'inverno avvolgeva tutto con il suo manto gelido e la sera, appena cominciata, era accompagnata da nuvole pesanti e cupe.

La donna pagò il tassista e aprì svelta la portiera, scese dall'auto e il freddo la bloccò. Si strinse la sciarpa intorno al collo e s'infilò un cappello di lana.

Poi attraversò la strada e si diresse verso l'entrata dell'ospedale. Fece le scale di corsa e varcò la soglia. Si guardò intorno e fissò il pannello con le indicazioni dei reparti. Quello di Ginecologia e Ostetricia era al secondo piano. Si diresse verso l'ascensore e salì.

Davanti all'ingresso del reparto c'era un cartello con l'orario delle visite. Guardò l'orologio, doveva affrettarsi. Scivolò lungo il corridoio, ma si bloccò. Alla sua sinistra c'era una porta aperta e la scritta "Nido" a caratteri cubitali. Esitò qualche secondo e poi entrò. Si avvicinò a una grande vetrata. Dall'altra parte c'erano quattro culle, due erano vuote, in una c'era una bimba avvolta in una copertina rosa. L'ultima, invece, con la copertina azzurra era di un maschietto. Il cuore cominciò a batterle e le gambe le tremarono lievemente. Non poteva che essere lui.

Si attaccò al vetro e sbirciò dentro alla culla. Un batuffolo dormiva rannicchiato sotto a una coperta di lana, con le mani chiuse davanti alla bocca, il respiro lieve e tranquillo. Aveva la pelle del viso arrossata e un ciuffo di capelli chiari in testa.

Lo guardò incantata. Non aveva mai visto un bambino così piccolo in vita sua. Sembrava fragile e indifeso, ma perfetto.

Lei era ancora giovane per pensare a dei figli, ma la visione di quel neonato le provocò una commozione pura e profonda. Quella piccola vita inconsapevole rappresentava il futuro e lei, che viveva ancora nell'età della spensieratezza, si sentì d'un tratto invasa da una nuova responsabilità: un giorno sarebbe stata una madre, avrebbe dato la vita e amato una creatura tutta sua. Quel pensiero le procurò una felicità rassicurante.

Sentì un rumore di passi alle sue spalle. Si voltò e vide un bambino correrle incontro, ridendo. Aveva i capelli lisci e biondissimi, gli occhi di un azzurro intenso.

Si fermò davanti a lei e cominciò a saltellare. Una donna arrivò di corsa dietro di lui, spingendo un passeggino. Lo afferrò per il braccio e lo tirò su. Poi la guardò stupita.

«Ciao Martina!», le disse sorridendo con aria allegra.

«Julia!», rispose la ragazza sorpresa. «Sei proprio tu? Che bello rivederti!».

Martina guardò il bambino. Poi guardò la donna, il suo aspetto curato.

«È tuo figlio?», disse sfiorandogli la guancia con la mano.

«Sì, lui è Emanuele», rispose la donna con il suo forte accento albanese.

Il bambino cercò di liberarsi dalle braccia della madre, ma lei lo tenne saldamente attaccato a sé.

«È molto vivace», disse, guardandolo con occhi colmi di tenerezza e di amore.

Poi sistemò il bambino sul passeggino, gli infilò la giacca e gli mise il ciuccio in bocca.

«Sei già stata da Bianca?», le chiese infine Julia.

«Non ancora», rispose lei, guardando di nuovo verso il vetro.

«Hai visto che bello il tuo fratellino?».

Martina annuì, gli occhi le brillavano e si sentiva pervasa da una forte emozione.

«La stanza di Bianca è la numero sette», disse Julia, «noi stavamo andando via. Il piccolo deve mangiare».

«Organizziamo un pranzo a casa di papà, così mi racconti come stanno andando le cose», disse Martina salutando Julia con un abbraccio. Salutò anche il piccolo Emanuele che le mandava baci con la manina, e poi madre e figlio si allontanarono.

Martina diede un'ultima occhiata al neonato dietro al vetro e poi si diresse verso la stanza di Bianca. Si fermò davanti alla porta chiusa, fece un bel respiro, bussò piano ed entrò.

C'era un forte odore di fiori freschi, mischiato a quello di disinfettante.

Martina vide suo padre alzarsi da una sedia e venirle

incontro sorridendo. Era sempre molto magro e aveva i capelli ingrigiti sulle tempie. Ma ormai si era ripreso del tutto, e gli occhi contornati da lievi occhiaie avevano di nuovo la luce di un tempo.

Martina si avvicinò al letto. Bianca era pallida in viso e sembrava stanca, ma sorrideva anche lei, si vedeva che era felice. Tese una mano verso Martina, che si affrettò a stringerla.

«L'ho visto, è bellissimo», disse la ragazza, con la voce rotta dalla commozione.

Bianca la tirò a sé e la strinse. Restarono così per qualche secondo. Poi Martina avvicinò una sedia al letto di Bianca, che le raccontò del parto.

Lei ascoltò contenta ed emozionata. Poco dopo entrò un infermiere portando il vassoio della cena. Martina aspettò che Bianca finisse di mangiare prima di andare via.

«Non ti stancare troppo», sussurrò in un orecchio al padre. Carlo la baciò sulla fronte. «Torno domani dopo il lavoro», disse a Bianca sottovoce.

Uscì dalla stanza, ma prima di prendere l'ascensore, andò a salutare il bambino attraverso il vetro. Era ancora addormentato, beato e imperturbabile, sembrava finto. Martina gli mandò un bacio con la mano e si allontanò.

Quando uscì aveva ricominciato a piovere, una pioggia fina e fitta. Martina tirò fuori dalla borsa un piccolo ombrello.

Mentre stava per aprirlo, vide in fondo alle scale, seduto su un gradino, un vecchio mendicante che cercava di ripararsi dalla pioggia con un foglio di giornale.

Indossava un impermeabile grigio, bucato in più punti e le scarpe avevano la suola consumata e rotta.

Martina scese le scale e gli si avvicinò. Si chinò su di lui e gli fece cenno di usare il suo ombrello. Poi tirò fuori dalla tasca poche monete e le mise in mano al vecchio, che la guardò riconoscente. Puzzava di alcol e di spazzatura, gli occhi piccoli e acquosi erano stanchi e rassegnati. Le fece un sorriso. Poi si alzò barcollante, aprì l'ombrello e si allontanò.

Martina lo guardò sparire. Si calò il cappello sulla testa, si sistemò la borsa sulla spalla e corse via, incontro alla sua sera.

Ringraziamenti

Scrivere questo libro è stata una delle esperienze più belle e importanti della mia vita. Poter condividere questa soddisfazione, ringraziando coloro che in modo diverso e vario hanno contribuito alla sua nascita, è il coronamento perfetto di questo percorso.

E quindi, grazie di cuore a mio marito Massimiliano per il sostegno e l'amore che non mi ha fatto mai mancare.

Ai miei genitori, Sergio e Gabriella e alle mie sorelle Costanza e Maria Cristina, primi lettori appassionati e sinceri.

A Mauro Bisogno per aver creato la "giusta occasione".

A Natalia De Marco, Flaminia Vitali (a lei anche per la consulenza sui temi di psicologia) e ai tanti amici, parenti e colleghi che hanno condiviso con me quest'avventura, leggendo e apprezzando il romanzo prima ancora che diventasse un libro.

A Leonie Smushkovich e Silvia Gambadoro per i consigli, il sostegno e l'entusiasmo che mi hanno trasmesso.

A Marta Staccioli e Francesco Gallavotti per il supporto legale.

A Raffaello Avanzini, Alessandra Penna e alla Newton Compton Editori per la professionalità e l'impegno che mi hanno dedicato.

A Julia, la ragazza albanese che ha ispirato il personaggio

di questa storia, per avermi insegnato che il “prossimo” non è mai troppo lontano.

E infine un grazie speciale a Carmelo Sardo, per aver alimentato un sogno, nel febbraio del 2014, che oggi è diventato realtà.

Indice

3.0

Stefano Baldi, *Sia fatta la tua volontà*
Roberta Gately, *La Pakistana*
Catharina Ingelman-Sundberg, *La banda degli insoliti ottantenni*
Ellen Marie Wiseman, *La stagione dei ricordi perduti*
Qais Akbar Omar – Stephen Landrigan, *Leggere Shakespeare a Kabul*
Maurice Bigio, *La ragazza di Teheran*
Kenneth Macleod, *Le conseguenze*
Muriel Zagha, *Esprimi un desiderio*
Dinah Jefferies, *La separazione*
Lorenza Ghinelli, *Con i tuoi occhi*
Rosa Ventrella, *Il giardino degli oleandri*
Slash Coleman, *L'amore ha la febbre alta*
Danielle Hawkins, *La cena delle bugie*
Margherita De Bac, *Per fortuna c'erano i pinoli*
Janet MacLeod Trotter, *La figlia del mercante di tè*
Dora Levy Mossanen, *Il silenzio delle farfalle*
Chamed, *Mi si è fermato il cuore*
Najat El Hachmi, *La casa dei tradimenti*
Emmanuelle Urien, *Una donna ideale*
Anne Berry, *La bambina segreta*
Susanna Quinn, *Il fascino della geisha*
Charles Belfoure, *Il nascondiglio segreto di Parigi*
Sue Gee, *Passaggio a Bombay*
Yvette Manessis Corporon, *Dove sussurra il mare*
Maria Duffy, *La piccola strada delle cose perdute*
Sue Gee, *Passaggio a Bombay*
Yvette Manessis Corporon, *Dove sussurra il mare*
Christopher Castellani, *Tutto quello che pensiamo quando parliamo d'amore*
Parnaz Foroutan, *La ragazza del giardino di fronte*

CHRISTOPHER CASTELLANI

TUTTO QUELLO CHE PENSIAMO QUANDO PARLIAMO D'AMORE

Christopher Castellani, figlio di genitori italiani, è nato a Wilmington, nel Delaware. Autore di tre acclamati romanzi, è il direttore di Grub Street, una delle scuole di scrittura creativa più importanti degli Stati Uniti. Vive a Boston. Per maggiori informazioni, visitate il suo sito christophercastellani.com, o le pagine Facebook e Twitter.

Volume rilegato di 320 pagine,
euro 12,00

Sono passati molti anni da quando Antonio Grasso ha sposato Maddalena e l'ha portata in America, nel Delaware. Quella è stata l'ultima volta che Maddalena ha visto i genitori, le sorelle, i fratelli, e tutto ciò che conosceva e amava nel paese di Santa Cecilia. Ha chiuso a chiave il passato, per difendere il suo cuore: adesso è concentrata solo sul presente, sulla figlia Prima, sul figlio Frankie, e poi il marito, la danza, il ristorante di famiglia, qualche lavoretto come sarta, l'amore per la cucina... Ma i dolori che le hanno distrutto l'animo sono troppo forti, anche dopo anni spingono per tornare alla luce, pretendono di risalire dagli abissi in cui lei li ha cacciati. E del resto, come può dimenticare Tony, tanto amato e perduto? Come può dimenticare Vito, il suo primo amore? E Santa Cecilia, l'Italia, i profumi, il sole e l'aria dell'unica terra in cui è stata giovane e felice? La figlia vuole riportarla a tutti i costi nel Vecchio Mondo e Frankie le dà tante preoccupazioni. Il suo Frankie, quel figlio così diverso, amante della letteratura e incapace di aprirsi, così legato lla famiglia eppure così lontano, a Boston... L'idea di Prima sconvolge profondamente i Grasso, ma il destino riserva loro un'amara sorpresa, e il loro viaggio di ritorno in patria diventerà un'improrogabile necessità.

NEWTON COMPTON EDITORI